悠悠故乡愁

张玉川◎著

吉林人民出版社

图书在版编目（CIP）数据

悠悠故乡愁 / 张玉川著. -- 长春 : 吉林人民出版
社, 2022.8（2024.1重印）
ISBN 978-7-206-19398-9

Ⅰ.①悠… Ⅱ.①张… Ⅲ.①中国文学—当代文学—
作品综合集 Ⅳ.①I217.2

中国版本图书馆CIP数据核字（2022）第170719号

悠悠故乡愁
YOUYOU GUXIANG CHOU

著　　者：张玉川
责任编辑：刘　涵
封面设计：清　风　　　　　　　封面题字：张裕顺
出版发行：吉林人民出版社（长春市人民大街7548号　邮政编码：130022）
咨询电话：0431-85378007
印　　刷：北京一鑫印务有限责任公司
开　　本：787mm×1092mm　　　1/16
印　　张：17.25　　　　　　　　字　　数：240千字
标准书号：ISBN 978-7-206-19398-9
版　　次：2022年8月第1版　　　印　　次：2024年1月第2次印刷
定　　价：52.00元

如发现印装质量问题，影响阅读，请与出版社联系调换。

序一

悠悠天宇旷　切切故乡情

　　川兄真乃有才。在短短三年内，竟然写出了一百多篇诗文，并有多篇获奖，着实令我惊讶！川兄在《古稀抒怀》中写道："要学曹翁存壮心，欲让晚霞更绚丽。"这件事他确确实实地做到了，他为我们树立了一个奋发努力、终生成长、老亦精进的榜样。

　　诗人臧克家曾写诗相勉："块块荒田水和泥，深耕细作走东西。老牛亦解韶光贵，不待扬鞭自奋蹄。"我感觉这诗像是在给川兄画像。难能可贵的是，川兄把自己一生在故乡生活的经历记录了下来。这是个人视角最为真实、最为鲜活、最为珍贵的历史，实在难得。

　　打开书，《摇耧手》《老娘养鸡》《打平伙》《脱坯》《忆打墙》等篇，是一首首乡村牧歌，更类似对乡村文化抢救性的历史发掘。除了我们这一代人，以后恐怕不会再有人能看到这些珍贵的乡村历史画面。

　　读《我与五楼三厅》《故乡的石碾》《小小茶馆总关情》《难忘曾经辉煌的岁月》等篇，我会感觉到那股淡淡的乡愁萦绕心头，诱发我对故乡深深的眷恋和牵挂，不自觉地走进那如诗如画的美好岁月。

　　《难忘的西安之旅》《一则日记背后的故事》等篇所写的家庭亲情，我读时热泪盈眶。迎面扑来的人间亲情，世间难得，人生如此，足矣！

在对书稿的梳理中，我突然醒悟：川兄每一篇文章都是对个人生活经历的记录，是一种对社会历史的白描，是一份散发着泥土清香的乡愁。乡愁，这或许正是这本书的魅力与价值所在！

乡愁是对故乡无数碎片化的记忆，我们无法割舍，难以忘怀。这人人心头缠绕不去的乡愁，是人生坐标，是精神依归，是家国情怀，是文脉延亘，是我们每一个人爱国、爱家的情感基础与力量源头。

我曾写过一首《乡愁》："人生万里游，乡情醇如酒。谁不近乡怯，悠悠故乡愁。"突然感觉自己这首小诗与川兄这本书存在着某种联系，仿佛可用作对全书精神的提炼与概括。因为川兄让我琢磨个好书名，所以我建议他书名就叫《悠悠故乡愁》，这也算是对我俩青年时代无数次携手写作的一种纪念。

我想，等川兄的书印出来，我一定要将其置于书房案头，阅读那些自己也曾经历的人与事，用以抚慰花甲之年那不时涌上心头的愈来愈浓的乡愁。

借用唐代诗人张九龄的名句为标题，撰文为序。

张国梁

2021年9月写于济南绣源河畔

序二

家国挚情　妙笔华章

时序金秋，丰收在望。滕州市地方文化学者张玉川先生作品集《悠悠故乡愁》，经过著者及其子女、亲友的精心编辑，即将付梓成书。《悠悠故乡愁》是玉川先生四十余载尤其是近年来笔耕墨耘的集萃总结，我作为和玉川先生相识几十年的知心好友，为先生的佳作出版感到由衷的骄傲和自豪。这既是玉川先生奉献给广大乡邦文化爱好者的丰盛精神食粮，也是玉川先生人生旅途的又一重要里程碑。

玉川先生滕州大坞籍贯。大坞张氏为滕西望族，容城善国，书香有继；科第考选，才俊辈出。玉川先生自幼深得家族厚重文化熏染，弱冠即担任民师教书育人，可谓名播凫山、桃李满园。教学、生计及退休余暇，玉川先生勤勉缀文，奉献了一篇篇彰显着家国情怀、闪耀着时代光华的史传诗文。翻开《悠悠故乡愁》，品读着浸透了玉川先生心血和汗水的妙笔华章，心有戚戚，受教良多。

历史的记忆

玉川先生出生于1951年，国家几十年曲折发展的风雨历程，伴随了玉川先生的童年、少年和青年时期。在艰苦的环境中，玉川先生凭着小学时

的勤奋好学和在母校滕县三中打下的高中文化基础，甫出校门再进校门，当了民办教师，走上三尺讲台；而壮年和中年适逢改革开放，因教学实绩突出，较早时间转正成为令人羡慕的拿国家工资的公办教师。玉川先生的作品，从1973年至今，时间跨度四十八年，真实叙写了亲身经历或知晓的家乡大坞的人和事，是乡村、家族历史的重要补白，是乡贤、族贤事迹的真传实录。

玉川先生笔下的人物，有的命途多舛，有的多才多艺，有的乐善好施，不少人物在大坞及周边十里八乡具有一定的知名度，玉川先生记叙家族历史及人物，考据翔实，文直事核，通过以小见大的表现手法，以平实无华的语言，通过对历史遗存的挖掘和人物事迹的描述，展示乡村及家族悠久辉煌的过去，讲述普通人家的喜怒哀乐和青年才俊的励志求学，再现那个年代的乡风民情，体现了玉川先生作为一位资深语文教师娴熟的文字驾驭能力和严谨的文章组织水平。

玉川先生大半生耕耘教坛，在回忆家乡教育时总是充满了自豪感、成就感，这是因为玉川先生是大坞教育事业的直接参与者、推动者。尤其是玉川先生和张国梁教授合作的《关于高潮农中的历史记忆》，激活了我早已尘封的青春记忆。1978年全国统一高考，大坞高潮农中青年教师张国梁、学生张杰师生同时考上大学，轰动了大坞及周边望庄、岗头、峰庄等公社，激励了大批有志青年刻苦学习，投身高考。而我本人也受此影响，毅然辞去民办教师职务，去滕县三中补习，最后有幸搭上了大学的末班车，走出了家乡。这应当感谢当年未曾谋面的张国梁、张杰先生，是他们使我坚定了高考的自信，最后实现了人生的梦想。

家风的礼赞

玉川先生的不少文章，在写到老家、家族的人和事的时候，向我们再现了那个年代淳朴的民风和温馨的家风。开茶馆、喜欢京剧的大老爷，养鸡持家的老母亲，看场、打麦、摇耧的老父亲，他们没有尊贵的职业，没有傲人的学历，但是，他们勤劳、善良、敦厚、正直，阅尽世情冷暖，深谙做人真谛，他们是那个年代乡间劳动者出身的人生哲学家。

《老娘养鸡》写出了母亲的仁厚善良，《父亲看场》《摇耧手》《父亲在麦场》则写出了父亲的无私正直，看似平实地写人叙事，却蕴含着玉川先生对早已过世的父母的深深眷念。而《双亲墓前诉衷肠》一文，淋漓尽致地表现出玉川先生对于父母的那种"子欲养而亲不待"，抱恨终天、无法释怀的人生遗憾，读之令人潸然泪下。

正是先辈和父母亲的优秀品质的影响，才有了《我家的一张老床》，向我们讲述了在那个物资匮乏的艰苦年代，玉川先生一家父（母）慈子孝、兄友弟恭的令人唏嘘的亲情故事。一张百年老床，见证了岁月的更迭，风云的变幻，承载了几代人的酸甜苦辣，赓续了和谐家庭的谦让家风。好的家风薪火相传，才有了《难忘的西安之旅》《一则日记背后的故事》《一份特殊的生日礼物》等展现后辈们拳拳爱心和孝心的感人故事。

在优良家风的熏陶下，玉川先生兄弟四人，几十年来团结友善，互相帮持，在不同的岗位上勤奋努力，收获了事业和家庭的丰硕成果，对社会和家族公益事务热心奉献，其为人处世，在家乡和单位有口皆碑，成为大坞张氏家族的骄傲。玉川先生对良好家风的如实记载和礼赞，是奉献给读者如何处理好家庭关系的最好教材，更是玉川先生留给后世子孙的宝贵精神财富。

乡愁的寄托

著名滕州籍书画家、作家王学仲先生有诗："日日梦乡关，荆河绕廓弯。风光何处好，还是旧家山。"这是王学仲先生乡愁的真情抒发。大坞是玉川先生生于斯、长于斯、工作于斯的地方，在玉川先生笔下，老家的家祠、古槐、莲坑、小河都成了乡愁的寄托，都被赋予了神韵和灵气，表

现出傲然的生命张力。

张氏家祠凝结着大坞张氏家族的辉煌历史，是大坞张族人的精神家园，而参天古槐则是家族历史的直接见证，玉川先生总是不吝笔墨，在《古树心语》《家祠、古槐、大学》《大坞张之歌诞生记》里对此给予多方位的描摹和颂赞。家国情怀是中国优秀传统文化的基本内涵之一，乡愁则是家国情怀的有机组成。一个不爱家人，不爱家乡的人，也不可能真正爱国。什么是乡愁，什么是家国情怀，玉川先生的作品，给我们做了最好的诠释。

现在，玉川先生和夫人一起，早已搬到市区和子女一起生活，住上了窗明几净、冬暖夏凉的高档商品房。苏轼有云："此心安处是吾乡。"看着子女后辈成才，享受着含饴弄孙的天伦之乐，玉川先生大概心安了。但是，每年的一定时节，玉川先生总要陪夫人回老家住上几天，住在临街的新家，聆听着窗外集市的叫卖声、喧闹声，喝一碗粥缸的白粥，晚上睡在那张百年老床上，心里就踏实了。我想，回老家，看似很简单的出行，应该是玉川先生在唤醒、重温那埋藏在心底深处的乡愁。

作文贵在情真，唯有真情方可感人。只有走进作品，方可走进作者心灵。《悠悠故乡愁》清新如水的文字里，渗透着玉川先生对于家乡的无限热爱，对于先祖、父母的永远怀念之情。留住了乡愁，就是留住了历史，留住了记忆，留住了家风！从这个层面说，玉川先生的作品，已经超越了自我，超越了家庭和家族，所有的阅读者，都可以从中获得不同的领悟和教益。

近年来，玉川先生的闲暇时间多了，写作进入了一个爆发期，经常有佳作见诸报端和微信公众号，深受读者欢迎。赤子之心、感恩情怀，是玉川先生作品的最大特色，他的作品，充溢着对于国家、时代和家人的感恩之情。革命人永远是年轻，有信仰，有追求，恪守初心的文化人亦是如此。我个人以为，这应该得益于玉川先生秉持终身学习的理念，常年笔耕不辍，虽退休却老有所为，老有所乐。行远自迩，笃行不怠，正是玉川先生自身践行了这样的君子之道，方能收获如此丰厚的文学成果。衷心祝愿在今后的岁月里，玉川先生给我们奉献更多佳作。

段修桂

2021年中秋写于滕州

（段修桂，中学语文高级教师，现任滕州市善国文化研究会顾问、济宁市孔子文化传播促进会理事、滕州市华夏文化促进会会员。《济宁情缘》《我的大学》等多篇文章曾登载于《济宁日报》，《喝粥》《榆皮的味道》等多篇文章曾登载于《滕州日报》）

目　录

家国篇

亲 情 篇

追 昔 篇

拾贝篇

诗词篇

附　录

家国篇

《大坞张之歌》诞生记

　　2020年1月，鼠年春节即将到来，伴随一场飘舞的瑞雪，古滕大坞张氏家族又一件喜事降临——《大坞张之歌》诞生了！请听："在逶迤的凫山之南，有一望族名不虚传……在美丽的微山湖畔，有一名门世人夸赞……在蜿蜒的永清河岸，有一大姓善国誉满……"那高亢激越的旋律，那铿锵有力的节奏，那精准洗练的歌词，那鲜明生动的音乐形象，让人听后热血沸腾，激情迸发，一种强烈的家族自豪感油然而生。

　　《大坞张之歌》的诞生，与我张氏十九世孙张国梁及二十世孙张光庆密切相关。除我之外，他们二位也是此歌曲创作的参与者。一位是现任山东省作家协会会员、滕州善国文化研究会顾问张国梁；另一位是三级教授、中央农业广播电视学校枣庄市分校原副校长，现任枣庄市传统文化艺术促进会会长，同时还受过"京胡圣手"燕守平及国家一级演奏员艾兵等名师亲传的张光庆。此歌的词曲作者的确是强强联合，共同打造出这一家族文化艺术珍品。为进一步了解这首歌背后的故事，我有必要、有义务向读者交代一下《大坞张之歌》诞生的前前后后。

　　我大坞张氏家族，有着六百年的光荣历史和丰富的文化底蕴，产生过许多俊杰名士。张家历史上从不乏忠臣良将、国家栋梁，从不乏专家学

者、科技精英，从不乏企业大家、富商巨贾，也不乏美术书法篆刻高手，难道就唯独缺乏音乐之才，竟无人能为我张氏家族谱上一支家族之歌？于是，一个强烈的念头在我心中产生，要为大坞张写一首歌词，把大坞张的光荣历史、优良传统、突出业绩与贡献浓缩在一首歌里，供世人传唱，从而增强家族的凝聚力、号召力。经过反复酝酿，字斟句酌，终于写出了歌词初稿。本人深知个人水平有限，知识储备缺欠，唯恐愧对先人与来者，因此，我必须要请家族内"高人"指点，鼎力相助。于是我想起了在济南的国梁弟，他的水平之高、造诣之深、影响之大，无疑，他就是我所寻求的最佳人选。很快，初稿传到了他的手中，他看后立即表态：大力支持，共圆此梦。于是，国梁弟对歌词做了精心修改，使歌词更为大气、生动、形象、凝练。让短短的歌词包含了更为丰富、深刻的内容，淋漓尽致地表达了家族的光荣历史，使歌词充满浓烈而厚重的爱族情感。

歌词已有，谁来谱曲？于是我想到了光庆。他曾是我与国梁弟四十三年前共同在中学执教时的学生，他从小就具有音乐天赋，才华横溢，吹拉弹唱无所不能。他在大学学习期间，参加过专场演奏会，多种乐器都有掌握，并于二十多年前在报刊上发表过创作的歌曲如《运河谣》等。放眼整个家族，为歌词谱曲之人非他莫属。于是，我通过一封短信将此事嘱托于他。光庆十分对此谦虚低调，他说："在音乐方面，您曾是我的启蒙老师，谱此曲恐力不从心，有负众望。但是，我义不容辞，责无旁贷，只能试试看。"他的欣然应允，我甚为高兴。国梁得知，曾这样对我说："二哥，如果光庆能把曲子谱好，这是我们师生加叔侄三人携手共同创作的结晶，是献给我张氏先人与后辈的一件大礼，其意义深远。若大功告成，也将是我们家族的一段佳话。"

于是，光庆倾注满腔的热情与心血，开始曲谱创作。他手捧歌词，一遍遍地朗诵，反复揣摩歌词含义及其风格，找感觉、抓灵感。他深深被歌词打动，用他的话说："这首歌词写得非常棒，古朴而厚重，涵盖了大坞张六百年历史，而且文学色彩特别浓，简直字字珠玑，感情充沛而强烈，富有很强的表现力和感染力。"

为了高质量地谱好这支曲子，光庆曾设计了好几种版本，反复进行比照。先是想选用比较欢快的元素小调"6"为主音谱写，感觉不够庄重严肃，似有不妥；否定之后又想用"5"为主音谱写，又觉得不够沉稳，与歌词的风格不够吻合。这样反反复复，初稿写了好多次，总感觉不满意，使作曲暂时陷入了困境。几经曲折，他突然想到：作为一首家族歌曲，无须太复杂的旋律，首先要考虑它的可唱性，应该让人人都感觉好学、好唱。他心中豁然开朗，确定全曲采用C调把"1"作为主音，用四四节拍，把它谱成进行曲，从而表现出一个家族强烈的自信心和自豪感，让人感觉到歌曲的庄重严肃、古朴厚重、雄壮有力。

因此，在作曲技法上，他采取了位移的创作手法，牢牢把握歌曲的风格、特点及要表达的思想感情。如：从曲中第10节的末拍始至14节前两拍，就是很好的实例。经过这样的处理，这几节曲子显得简短有力，有抑有扬、有顿有挫、有高有低、有长有短、错落有致，极富有节奏感，充满了阳刚之气。

行内人都知道，作为一个作曲者，在谱曲的过程中，总要受到歌词的制约和束缚。因此，所谱的曲谱，必须在歌词的框架下，一切音乐符号都必须为歌词服务，它不像小夜曲、狂想曲，可以自由随便，任意发挥。于是，光庆就采用作曲法中的大调式，以"1"作为主音进行创作。但凡一个完整的好曲子，就应当由发生、发展、高潮和结束四部分组成，讲究"变化"二字。如本曲的高潮部分，就显得非常突出：如第14节从低音"5"一下子跳到高8度，使最后的结束句达到了曲子的最高潮，从而产生了很强的音乐效果。

纵观全曲，光庆真是匠心独运，精雕细刻，倾情谱曲。整个曲子十分完整而紧凑，给人以一气呵成之感，让歌者越唱越想唱，越唱越过瘾，越

唱越起劲，使人精神振奋，豪情激荡，斗志昂扬。

　　手捧刚刚诞生的《大坞张之歌》，我练声试唱之后，心潮澎湃，浮想联翩。我想不久的将来，这支歌一定会在大坞张族群中迅速传开，并世世代代传唱下去，就像歌词所写的那样："承前启后，花开八面，香飘云天；继往开来，再创新篇，追梦永远。我们是大坞张子孙，祖宗功德，牢记心间。慎终追远，昂首挺胸，高歌永向前，高歌永向前！"

2020年1月16日

一副对联的来历

在老凫山县驻地大坞街，至今流传着一个有关对联的真实笑话。笑话说的是有一户人家，过年时竟把一副最不该贴的对联贴在了自家大门上。遂有人暗地里调侃道："某某人家竟把自家的姓卖给别人了。"事后，这户人家经明白人指点，才恍然大悟，弄得十分尴尬，以致后来成了人们在茶余饭后的一个笑料。

难道对联还真有姓氏之分而独享"专利"？即使有也是自写自家姓，以用来缅怀先祖，夸耀本姓家族的声望荣誉或家族的历史文化。但这副对联却甚为特殊，世上难觅。那么这副对联究竟姓啥名谁，又是何内容呢？

先看其上联"一脉书香留善国"，下联"百年祖德继容城"，横联"西滕世家"。这确实是一副好联，对仗工整，平仄协调，结构相同，而且典故入联，内容丰富，其意深刻，读起来朗朗上口。就是这副对联只姓张，而且特指"大坞张"。自古以来只有大坞张家有权利贴这副对联，张姓以外万万不可，否则遭人耻笑。究其缘由，还要从这副对联的出处及历史典故所起。

大坞张氏自一世祖瓒公于明初由山西忻州迁滕以来，适逢天时，又占地利与人和，祖祖辈辈以农为本，耕读继世，薪火相传，人丁兴旺。子子孙孙始终遵循祖训，忠厚孝悌，吃苦耐劳，自强自立，至善至仁，谦恭兼

爱，俊才辈出，以致成了鲁西南的名门望族书香世家，在历史上曾出过多名举人进士，而且为官清正廉明，克己奉公，有口皆碑，名垂青史。

如七世祖张中鸿。据张氏族谱记载："七世祖中鸿万历庚辰年进士诰受通奉大夫历分守冀北道兼理兵备山西布政使加正一品。"据说，他在为官期间，一身正气，两袖清风，光明磊落，刚直不阿，爱民如子，秉公执法，黎民百姓无不感恩戴德，山西百姓都尊称他为"布政老爷"。

在他离任之际，老百姓听说他要走都恋恋不舍。出于对他的敬重与爱戴，当地百姓都自发地组织起来，推举当地德高望重的知名人士，设盛宴为之送行，而且还特地备了一份重重的厚礼，可他一一婉拒再三谢绝，并说："百姓的深情厚谊吾悉收下，礼万不可收。"在场之人都敬佩之至，感动不已。其中有一位精通文墨的雅士见此情景，忽然灵机一动，心想：为何不赠送一副对联，以表心意。于是，他挥毫泼墨，片刻之间，一副对联展现于布政使面前。这，可不是一般的礼物，其价值不可估之。他饱蘸山西百姓的浓浓深情，高度评价了七世祖张中鸿博学多才弘扬祖德的高尚品质，一字一句充满了他们对张氏家族的热情赞美。再者，从横批可以看出："西滕"乃六世祖大经之号，他就是张中鸿之父，是明嘉靖甲午举人，任西乡容城知县，授文林郎，以子贵累赠通奉大夫山西左布政使。他也是一代清官，政绩显赫，深得民心，百姓爱戴。而"世家"此词就最早出自《孟子·滕文公》，指门第高贵并且世代延续做官的人家。显而易见，此副对联非大坞张氏莫属，大坞张氏专用，当之无愧。

自此以后，张氏家族世世代代以此为豪，并把此副对联视为传家之宝，每逢新春佳节，大坞张几乎家家户户都贴上这副对联，并从中受到教益得到鞭策，以激励自身追宗思源、不忘根本，牢记祖宗功绩荣耀，弘扬祖宗传统懿德，发愤图强，振兴家族，为社会多做贡献。

2019年4月

千年古槐记

　　一跨入滕州大坞张氏家祠，就会发现在家祠内东南角生长着一棵古树。在这棵树旁，一通石碑十分醒目，其上所刻的是"千年古槐简介"，具体内容为："据史传考证五代后周时即公元九百五十九年赵匡胤陈桥兵变黄袍加身次年称帝凫阳当地著民为庆贺天子登基时所植故称千年古槐。鲁滕张氏家祠。"

　　再看这棵古槐，枝繁叶茂，绿荫如盖，遮天蔽日，树心早已腐朽而空，残缺不全，只剩少半个身躯，约有两抱之粗，尽管老态龙钟，但仍顽强地存活着。它把根深深地扎在沃土之中，坚韧地支撑巨大的树冠，给大树上的枝枝叶叶源源不断地输送着充足的养分，使这棵树青春焕发，神采奕奕。尤其让人惊叹的是：与它近在咫尺的原家祠东门厅因一场大火而焚为废墟，而这棵古槐竟毫发未损，安然无恙，更加蓬勃旺盛。它像一位忠诚的卫士，一如既往地静立在那里，默默地守护着祠堂。实在难以想象，千百年来，这棵树狂风吹不倒，暴雨浇不垮，雷电击不毁，烈焰烤不焦，冰雹砸不烂，霜剑杀不死，大雪压不折，严寒冻不坏。真可谓千难万险浑不怕，地动山摇仍从容。历经磨难傲然立，护守家祠堪称颂。古槐的这种高尚品格，不禁令人肃然而起敬。

对这棵千年古槐的鉴定，非遗传承人、民俗专家张裕洽功不可没。他曾付出了艰辛的劳动，通过多方走访、广泛调研，深挖有关史传资料，反复进行考察论证，并虚心征求意见，在此基础上终于达成了共识，得出了结论，最后才撰定了此碑文。

对于当初凫阳著民为此之所以专栽槐树，通过有关资料证实，确有其历史渊源与缘由。据《青州府志》载："邮亭处有古槐十株，高五尺许。相传宋高祖（赵匡胤）未帝时，过此常挂袍于上。"可想而知，当年宋高祖对槐树情有独钟甚是有缘。由此看出：当初天子登基，普天同庆，凫阳著民，亦无例外，植槐以庆作为纪念，应在情理之中。在民间自古就把槐树称为神树，并产生过许多美丽的传说。

古人深受"天人感应"思想的影响，槐树的荣枯被视为兴衰的征兆。人们植槐除取荫之外，还在于讨吉兆、寄希冀，因此百姓都崇槐、敬槐、喜槐、爱槐，更热衷于种槐。当时的凫阳著民就是在这种历史背景下，按传统习惯，把槐植于风水之地，让其尽情地吸收天地之精华，充分接受大自然甘霖的润泽与阳光的沐浴，因此才使古槐根深叶茂，长寿千年。

凫阳一带自古就流传"先有古槐后建家祠"之说。大坞张始祖于明初从山西忻州迁至凫山之阳微山湖畔，凭着对古槐特殊的感情和对故乡的无比眷念及留恋，一直把古槐看作是故乡祖先的象征，当成怀祖念宗的精神寄托。张氏先贤，一来到这块圣土，凭一双慧眼，一下就看中了这块风水宝地，特别是生长在此处的这棵瑞槐，进而精心设计，傍古槐而建造家祠。从此，古槐根扎沃土，更加枝繁叶茂。果然大坞张得以世代繁衍，生生不息，兴旺发达，俊才辈出，成了鲁南地区屈指可数的望族而远近闻名，张氏后人引以为豪。

而今，大坞张氏家祠已被山东省定为重点文物保护单位，得到了国家的高度重视，是家祠之荣幸，也是古槐之荣幸。族人为此自发为家祠千年古槐勒石立传，其意义深远，可谓得族人之心，合族人之意。这不仅是众望所归，更是捐资立碑者的义善之举，其功立于当今，其名传于后世，值得为之竖指称赞。

2019年2月

家祠、古槐、大学

　　在滕州市区西约十五公里处，有一处保存相当完整，规模较为宏大，结构十分严谨，内外两处院落，迄今已有二三百年历史的古建筑群——大坞张氏家祠，它是省市两级重点文物保护单位，并入选为山东省第一批"乡村记忆"工程文化遗产名录，特别是中国孔子基金会还专为家祠内的大学授牌为孔子学堂。

　　若走进大坞张氏家祠，就会发现：在院内东北角处，有三楹古建筑已修复一新。它青砖黛瓦，古朴庄重，坐北朝南，正好与千年古槐两两相对，二者距离十米左右，这就是家祠大学，是张氏家祠不可分割的组成部分，是当初张氏祖先在建造家祠时专门设计，用作家族中子弟读书的地方。如果置身大学室内，在不同季节凭窗外看，映入眼帘的四时之景迥然而异：春天，古槐新枝舒展，嫩叶萌发，生机无限；盛夏，古槐枝繁叶茂，郁郁葱葱，绿荫匝地；金秋，古槐谢花结籽，粒粒饱满，清香幽微；隆冬，古槐更显遒劲，顶风傲雪，凛然挺立。面对如此美景，定会让人触景生情。

　　把大学建在古槐树旁，这充分显示了张氏先祖的高明远见，其寓意深长，内涵丰富，令人遐想联翩，感悟多多，值得考究。

　　自古以来，古槐与书生举子就密切关联。从唐代起人们就借槐来指代私塾学堂，也常以槐指代科考，历来就有"槐花黄举子忙"之说，后代诗人多有吟咏。北宋黄庭坚《次韵徐文将至国门见寄二首》诗云"槐催举子作花黄，来食邯郸道上梁"，南宋范成大《送刘唐卿户曹擢第西归》也曾有"槐黄灯火困豪英，此去书窗得此生"佳句。

张氏先祖有意将大学选在近槐之处，以激励其子孙都成为饱学之士，荣登高位，光宗耀祖，实在是用心良苦。从中不难看出张氏家族历来重视教育，信奉"诗书继世长"的千古真理，把教书育人放在重要的位置。

可以想象，就是在这棵古槐树下，有多少张氏家族的子子孙孙在这种优雅的学习环境里受到良好的教育和培养。跨越历史的天空，我们似乎能听到在大学里传出的不绝于耳的琅琅书声："人之初，性本善""学而不思则罔，思而不学则殆……"圣贤的谆谆教诲激励着他们不畏艰难、勇敢登攀。中华民族优秀的传统文化就是这样滋润着代代后人茁壮成长；穿过时光的隧道，我们又好像看到莘莘学子在古槐旁那晃动着的勤奋好学、刻苦攻读、孜孜不倦的身影，进而又让人们不禁想起多少"头悬梁锥刺股"的励志故事。就是曾在这古槐的庇佑下，在这宽敞的大学房里，张氏家族的子孙们胸怀鸿鹄大志，放飞梦想，扬帆起航，才使得张氏家族族兴人旺，才俊辈出，在不同的时代谱写出一篇篇华丽的乐章，创造了一个个骄人的辉煌。

站立在古槐树下，倚身于大学门旁，一段名言仿佛又响在耳边："故今日之责任，不在他人，而全在我少年。少年智则国智，少年富则国富；少年强则国强，少年进步则国进步……少年雄于地球，则国雄于地球。"作为张氏一大望族，也何尝不是这样，少年强则族强。张氏家族之少年也和全国少年一样，是氏族的未来和希望，将来的世界一定属于他们。大坞张的后人，一定会从知识的海洋里汲取丰富营养和无穷力量，一定会继承发扬中华民族的优良传统，砥砺奋进，成为中华民族的脊梁，为实现民族复兴的伟大梦想贡献出所有的聪明才智、青春和力量。

科学鉴定与民间史传

——大坞家祠古槐树龄再考

如果你走进山东省文物保护单位——滕州市大坞张氏家祠，就定会一眼看到院内东南角有一棵古老的国槐。这棵树尽管历经沧桑，其身已腐朽过半，但如今仍根深叶茂、郁郁苍苍、冠如巨伞；枝丫交错、旁逸斜出、如龙似虬。在它的躯体之上，挂有"古树名木保护牌"一块，其上七个大字十分醒目。保护牌中的内容是："国家二级保护，滕古F053，国槐。属名：槐属。树龄：四百年。滕州市绿化委员会、滕州市林业局，二〇一七年三月。"而在古槐的近旁，又立着一块格外吸睛的石碑，其上刻的是"千年古槐简介"，具体内容为："据史传考证五代后周时即公元九百五十九年赵匡胤陈桥兵变黄袍加身次年称帝凫阳当地著民为庆贺天子登基时所植故称千年古槐。鲁滕张氏家祠。"

显而易见，这一牌、一碑，一块是来自上级主管部门，足以看出国家对此树的重视程度和保护力度；一块是来自民间百姓，充分显示了一方之众对古槐的崇敬与关爱之情。当你看罢这一牌、一碑之后，一定会顿生疑窦：同一棵树为什么在树龄问题上产生如此抵牾，结论迥异、大相径庭？

我认为：国家有关部门专业机构对此树年龄鉴定为四百年，结论正确真实，无可置疑，有充分的科学依据，应当肯定。而来自民间史传的千年树龄之说，亦不无道理，有根有据也不可否定。两者看似矛盾，实则不然，而且相互吻合、相互印证，只是各自所站的角度不同而已。这两种说法，一个是从科学的角度，就树论树而得出的结论；一个是从历史的角度，根据民间的历史传说而推算出的树龄。

自古以来，大坞就是凫山之南滕西大地上有着深厚文化底蕴的历史名镇。据毕业于山东海洋学院（2002年更名为中国海洋大学）、辽宁省气象局原副局长、享受国务院政府特殊补贴的84岁高龄的高级工程师裕道兄所著《乡忆》一书记述："家乡大坞（'谱'中称大吴），历史久远。"曾在原凫山县文化馆工作过的大坞知名人士曹际斌先生曾指出："1963年在小桥西修筑去大刘庄道路时，从路边挖出古墓石匣，内藏汉代的陶器……"出土文物可以证明，如从汉代算起，大坞有人居住至少一千九百年的历史，可谓历史久远了。另外，古庙宇的存在，也足以说明大坞的历史之久远。因此，我从中推断：大坞在那时村镇已形成相当规模，人间烟火甚旺，交通便利，经济文化繁荣，民风淳厚古朴。

综上所述，不难看出，当年赵匡胤登基，普天同庆，当地著民在村中植国槐以庆祝，欲求太平吉祥，表现了老百姓对福祉的祈盼之情，这也很符合当地民间风俗习惯，其意义深远，合情合理，故家祠这棵国槐已有千年之说毋庸置疑。

对于家祠的这棵古槐，在民间还有着这样一种广为人知的历史传说：现今的这株国槐，并不是远古时期的那棵古树，而是原植树的新生第二代。四百年前古槐树在濒临腐朽而亡时，在其怀中又长出一棵幼苗，史称"怀中抱子"。当年的古槐如今已不复存在，而把它的生命又延续给了第二代。于是，这棵当年的幼槐又经过了数百年的风风雨雨，就成了现在的模样。对此，还有人不假思索，误认为大坞家祠才建二百多年，哪有这么老的树？这并不难解释：是先有槐而后建祠。我张氏先祖从明万历年间迁

至古滕后又来到大坞居住，至今已四百多年，先祖们就是凭一双慧眼才选中了这块风水宝地，于是就近古槐而建家祠，来求得瑞槐庇护，以保家兴族旺。

至于原植国槐"怀中抱子"之说，我也进行了民间调查，足以证明史传的可信度。千百年来，大坞人一直对古槐怀有深厚的感情，把它当作神圣之物、吉祥之兆，甚至赋予了许多神话色彩。大坞张的先人就是在这棵古树下繁衍生息，读书耕田不辍劳作，而那"怀中抱子"的美丽故事，也在祖祖辈辈的口口相传中显示了无穷的生命力。完全可以想象出这样一个历史场景：在一个惠风和畅的日子，有位白发苍髯的老者，正拄着拐杖，颤颤巍巍地敬立在古槐的浓荫之下。在他的身旁，正依偎着一个天真烂漫的始龀之童。此刻，老人正给自己的重孙绘声绘色地讲述着关于古槐的动人传说。小孩儿正抬头望着古槐，两只水汪汪的大眼睛骨碌骨碌地转来转去，并侧耳倾听着老爷爷的娓娓而谈，祖孙二人好像共同进入了一个斑斓奇妙的童话宫殿……光阴似箭，日月如梭，转眼之间，当年的蒙童又变成了老翁，于是，古槐下又重现了当年的情景。如此这般，四季轮回，年复一年，子传孙，孙传子，子子孙孙无穷匮，一直流传至今天。

生儿育女、新老交替，乃自然界永恒的规律，人类如此，万物亦然，槐树也不例外。想当年那棵原植树，不甘老朽枯腐，仍不忘繁衍后代，让幼芽在其怀中孕育、萌生并茁壮成长。可以断定：现在的古槐之母应是当年的原植之树。试想：有多少个春夏秋冬，多少个酷暑严寒，多少次风雨交加，这对母子紧紧相抱，互相依偎，日日做伴，夜夜厮守。是伟大而崇高的爱驱使着母亲为自己的孩子遮风挡雨，使其一天天长成了遮天蔽日的大树。直至最后，母亲才渐渐地化为腐朽之身成为肥壤沃土，给自己的后代源源不断地提供着丰富的营养。可以说，在这棵子树上，仍流淌着其母亲的血液，延续着伟大母亲的生命！追根求源，从原植树到怀中子，迄今共有千年历史，难道有什么不妥之处吗？

　　家祠的古槐，是历史的见证者，是一位饱经风霜的老人，是一本让人百读不厌的书卷，是家乡的标记，是我大坞张人的精神象征，是家乡人感情的寄托。但愿她"岁老根弥壮，阳骄叶更阴"，但愿她"坚如磐石永不屈""任尔东西南北风"，但愿她永远以博大之胸怀，一如既往地洒下一片浓荫，散发出沁人心脾的清香，让她永葆青春，与我们永远相伴，让我们的乡愁更加绵长，幸福悠悠！

小小茶馆总关情

一提到茶馆，人们就会想到一个不是很遥远却又无法追回的、生活节奏慢的年代，也会想到《沙家浜》中阿庆嫂那有名的唱段："垒起七星灶，铜壶煮三江。摆开八仙桌，招待十六方……"而我想到的，却是那座大老爷开在家乡小石桥旁的与儿时的我形影相伴的小茶馆。

茶馆，家乡人都习惯地称作"茶炉子"。我的家乡大坞，是一个依山傍水的古老村镇，交通便利，商铺林立，是当地的经济文化中心，20世纪50年代曾是凫山县政府驻地。镇子上南来北往的，赶集上店的，络绎不绝。因地处要道，自然茶馆的生意红火。屈指数来，当时大坞的茶馆有十多处，主要分布在棋盘大街，我印象深刻的是西街的八奶奶、南街的杨大姐、北街的刘大爷，而东街上，就是我大老爷的茶馆了。

我大老爷张崇瑷，他六十岁时我才刚走进小学校门。他一直在家中经营小茶馆，茶馆坐落在东街北头路西小石桥对面，那是临街的两间屋。屋里支着一个茶炉子，炉口上放着一把大铁皮水壶，其后依次排列有三四把水壶。那几把铁壶都顺着火道往斜上方一直排到烟筒根，一把比一把高。烧茶时，前边的第一壶先烧，后边几把壶中的水也因火力不等而不同程度地变热。等第一壶水烧开提下来，接着就把后边的几把壶依次前移，再把新灌上凉水的那壶放到最后，如此循环往复，使炉火得到充分利用，因而壶中水开得很快，即使前来倒茶的再多，也无须久等，随来随走。

茶炉设计很重要，但另一个设备更关键，那就是炉子一侧的风箱。茶炉的风箱比一般家庭的风箱要大。风箱中有一块活塞式木板，其上扎上鸡毛，板上安两根（也有一根的）风箱杆，来回抽拉时，风就从两头的进风口进入风箱，伴随有节奏的"呱嗒呱嗒"声，不断把风送进炉中，让炉火更旺，燃烧得也更充分。根据需要，风箱拉得可快可慢、可急可缓，但不能猛拉，那样会跑火费炭。

大老爷卖茶随行就市，价格合理。茶炉的主要客户是拿着保暖瓶来打热水的客人，大老爷为方便找零钱，专门配备了茶牌。一瓶热水起初一分钱一壶，后来二分钱。我记得那茶牌是染坊不再使用的小竹牌，牌上做个记号，一眼就能辨认出是自家的茶牌。如一次多买茶牌，可适当优惠。我记得大老爷倒水时有一个细节，就是先把壶嘴部分的水倒掉，然后再把水倒入客人的保暖瓶中。这是他老人家唯恐壶嘴的水达不到沸点而有意为之。

天稍微暖和，大老爷就在屋外路边搭个简易的棚子，以便遮风挡雨避阳光，在棚子里再砌一个茶炉。正好茶棚边有一棵大槐树，长得又粗又壮，其身略有歪斜，冠如巨伞，护佑着茶棚。若赶上开花时节，满树绿叶白花，茶馆周围弥漫着香喷喷、甜丝丝的花香，沁人心脾。树下还放着一条长长的青石，表面又平又滑，上面放一把瓷壶和几个茶碗，都擦得干干净净。南来北往的行人，天热想喝茶时，就坐在树荫下，冲上一壶新鲜的茶，边喝边休息。不过大老爷有一个规矩，不准把壶中茶水控干，以免把茶色淘尽，必须勤喝勤冲水。前来喝茶的人，茶叶也可自备，一冲两兑水，一壶五分钱。那时好茶叶，也不过是珠兰青茶和珠兰花茶，前者性凉，后者性温，客人各取所好。大众化的茶叶是大叶子，亦称黄大茶，大老爷也卖大碗茶，那是供过路人饮用的。对于急于赶路的人，大老爷就把茶水兑得不热不凉正可口，客人端起碗一饮而尽，一碗一两分钱，付完钱

抹嘴即走。不管是闲喝茶的，还是急于赶路的，不管是穷的，还是富的，他都一视同仁，绝不厚此薄彼。来时笑脸相迎，临别热情相送。

有闲空来喝茶而又身强力壮的熟人，看到大老爷的水缸中水不多了，便主动摸起勾担去挑水，大老爷不会让他们白干活，会把这些人的茶水费全免。记得我刚能挑水时，放学后常与大老爷的亲孙子玉泉弟摸起水挑子，到附近医院里的压水机井取水，因为那水最干净、最好喝，所以常用那水烧茶。那时我俩个子矮，勾担高我们挑不起来，只有挽上两头的勾担嘴才能把水桶挑起来。我俩力气不足，两人一路上轮换着挑。走路不稳，桶中的水难免晃荡，大老爷就把一块干净的薄木板放在桶中，让其漂浮在水面，桶中的水就不会漾出来。有时大老爷还给我二分钱，以示奖励。

大老爷热情好客，为人直爽，爱说爱笑，人缘很好，所以他的茶馆一年四季人气都很旺。远近的邻居，或来品茶闲聊，或来下棋对弈。为此，大老爷还专门请人在石凳上刻了副棋盘，以方便下棋的人。有时棋逢对手，鏖战甚急，旁观者静以观之，大家都乐在其中。

天寒地冻之时，大老爷就把茶馆挪进屋里，安上风门子，挂上门帘子。屋里的烟火旺，人气更旺。远近的来者，都聚集茶馆里，边取暖、边喝茶、边闲聊，人人畅所欲言，个个兴致勃勃，山南海北，天文地理，无所不谈。这时，有人把话题一转，问起大老爷当年是否上台演过戏，大老爷顿时精神振奋，津津有味地向人们讲起自己年轻时那一段难忘的经历。

他早年酷爱京剧，是一个铁杆票友。对中华民族的这一优秀的传统文化，他一直视为瑰宝。在京剧表演上，大老爷唱念做打、一招一式，均可圈可点。当年为了过把演戏瘾，还"讨好"了一名演员。有次剧团来演戏，其中一个角色正对他的戏路。大老爷为了达到上台演戏的目的，露一下身手，他买了好烟好茶，让那个演员在后台喝茶、抽烟休息养神，自己换上戏服化上妆，替人家上台演戏。大老爷唱念字正腔圆，表演相当到位，竟赢得了台下观众的一片喝彩。

　　大老爷开茶馆，爱唱戏，众人皆知，引来不少京剧爱好者到这里喝茶。这些人中，有爱唱的，还有爱拉京胡的，来了兴致，操琴的、唱戏的密切配合，琴声优美，唱腔圆润，那声音传到茶馆外，竟引来不少围观者。有一次，大老爷又上了戏瘾，他搬来桌子，桌上放条凳子，然后登上桌子端坐在凳子上，一手摇着鹅毛扇子，一手捋着胡子，亮开嗓子大声唱道："我正在城楼上观山景，耳听得城外乱纷纷……"声韵和谐，神态悠然，把诸葛孔明扮得活灵活现，赢得阵阵掌声。他的茶馆，俨然成了戏迷俱乐部，给人们带来了无尽欢乐。

　　大老爷开茶馆，一直向家人们传递正能量。他早年在徐州教过书，因此对孙辈们的学业十分重视。我哥考上滕县第三中学，他十分高兴，逢人便夸："俺家出秀才了！"我清楚地记得，他为了教孙子们写字，专门制作了一块小黑板。他常给我们讲"孔融让梨""王冕作画""岳母刺字"等故事。

　　大老爷六十三岁那年，卧病在床。他临终之时，嘱咐我在供销社工作的大叔，要奉公守法、诚实守信。他还拿出一张欠账单，千叮咛万嘱咐："父之债，子要还，莫欠别人一分钱！"

　　大老爷去世五十多年了，但他开茶馆的点点滴滴，我至今难以忘记，脑海中经常萦绕着他老人家的音容笑貌，使我在任何情况下，都能用一种平常心笑对人生。

2020年3月1日

故乡的大坑

　　我的故乡在大坞。村中曾有个好大的坑，它东西长约二百米，坑东岸约一百五十米，西岸稍短，坑深约三米，鸟瞰整个大坑，呈不规则瓦刀之状。因大坑附近历代居住的大多是姓姬的人家，故称"姬家坑"。它与村中其他水坑相比，历史最长、知名度最高、面积最大、故事最多。关于它的话题，当地的人们在茶余饭后时常挂在嘴边而津津乐道。

　　姬家坑是个百年老坑。虽然没有查找到具体的文字记载，但通过世代相传可知，大坑起码有一百五十年历史。据已过鲐背之年、历经沧桑现仍旧脑清目明的寿星兆潼老人介绍：当时大坞张先人为了修筑又高又宽的环村寨墙以抵御外患，需要大量土方，就在这低洼处开了一个土坑，从而保证了工程用土。对此，辽宁省气象局原副局长、气象学会理事长、现年八十四岁的裕道兄在他的《乡忆》一书中认为，对于寨墙，何人何年修筑的也没查到，但较为一致的说法是为防御而建的。裕庆兄提供："建寨的张学卓、张学穆兄弟二人，当称大寨主、二寨主……"从《古滕张氏族谱》分析，建寨人还应有学讷公，应为清咸丰年间。对此，年逾古稀的滕州市非物质文化遗产鲁南茶俗文化传承人裕洽兄亦有相同意见：当年学讷公为报家国之仇，慷慨出资并带头修筑了高约七米、上宽约三米、有七大寨门的土围子，这件事有口皆碑。

姬家坑是一个有多种功能的公益之坑，他曾给大坞的村民带来诸多好处。一年四季，坑水荡漾，像镶嵌在村中的一颗璀璨的明珠，在杨柳的衬托下，向村民们展现了人与自然和谐的生态之美，显露出令人心旷神怡的秀丽和灵气，给人们提供了一个良好的生存环境。同时，先人们还给他做了精心的设计与打扮：在坑西南近岸的淌水沟上专门修建了一座小石桥，给来往的行人提供方便；在西岸上还安了一盘小石碾，以供人们平日里碾米轧面；为防大雨的冲刷以保坑岸不坍塌，他们还在坑西路东面砌上了一道坚固而整齐的石墙，让人们感到更加安全；他们又在坑嘴处砌上了坡度适中宽大的石簸箕，让一级一级石阶直伸到坑中的浅水间，供人们或浣洗衣衫，或饮牲畜，或取水浇灌。一天到晚，大坑边的捶衣声、笑语声随风飘远，声声不断。

更重要的是，大坑也是一个小水库，不光能防旱抗旱，还能排水防涝、防患未然。先人们在大坑东南处，又专门设计开挖了一条排水沟，直通南边不远的永清河。一旦遇上大暴雨，坑水便畅通无阻地流进前河，然后滚滚西去，注入微山湖。即使遇上再大的水，坑里的水也溢不出岸，周围的村民也遭受不到水患之害而处之安然。姬家坑真是我们的先人造福后代勤劳智慧的结晶。

姬家坑曾给我留下了许多美好的记忆。我家紧靠大坑西岸水石桥边，与之朝夕相伴。从我小时候起，它就给我带来无穷的乐趣。特别是在夏天，每逢一场雨过后夜幕降临，随着阵阵清风，大坑里就传来阵阵清脆的蛙声。那些可爱的小东西，都不约而同来参加大合唱，那"呱呱"的叫声，此起彼伏，不绝于耳，有急有缓，有高有低，格外动听。正如南宋词人辛弃疾所写："稻花香里说丰年，听取蛙声一片。"那情景，真让人浮想联翩，沉醉其间。

更有趣的是，当又一场大雨过后，坑水盈岸，成群结队的鱼虾，在

水里摇头摆尾游来游去。这时，用简易的叉网或杈头甚至笊篱，伸手一捞，就有所获，真让人分外开心！尤其难忘的是，在坑岸的石头缝里，一条条鳝鱼竟露头露脑，在人面前毫不忌惮。当时我们小孩都误认为水蛇，不敢靠近。我父亲见状，找来一截细铁条，在其顶端弯成一个小钩，再把小蚯蚓放在钩上做诱饵，然后把它放入水中。这时鳝鱼竟一口咬住了钩，父亲眼疾手快，快速把一条大鳝鱼就提了上来。这样一连钓了好多条，越钓越有，其情景实在让人惊异。更有意思的是，因我家离大坑很近，大雨过后，竟然还有泥鳅来串门。它们从大坑顺沟钻进了我家院子里，大亮其相，让我不出家门就坐收"渔利"，不费吹灰之力。

姬家坑的美景曾让我陶醉。想当年，生产大队从微山湖弄来的白莲藕芽，种在了大坑。是坑里的淤泥给了白莲以丰富的营养，使它们很快长满了全坑。一到夏季，红日高照，满坑的莲花盛开怒放，亭亭玉立，伴着一片墨绿，白莲花在微风中轻轻摇曳，是那样的清新隽永、端庄典雅，是那样的圣洁无瑕、质朴无华。而让我感到心中最美的是和伙伴比赛套蜻蜓，每逢天要下雨的时候，那些蓝色或者红色的蜻蜓，展开那薄纱般的双翅，有的落在尚未展开的嫩莲叶尖上，有的正好落在白莲花蕾上，静静地一动不动。这时我就拿着一根麻秆，用根马尾鬃系个活套，固定在麻秆之上。然后悄悄靠近落稳的蜻蜓，屏住呼吸小心翼翼地把套对准蜻蜓的尾部，突然一拉，一只大蜻蜓就被牢牢套住。这时，蜻蜓扑棱着翅膀，试图挣脱，可套越来越紧，只得就擒。此刻，小伙伴们阵阵欢笑声，伴随着醉人的缕缕花香在空中久久地飘荡。

当然，最美的还是在白莲收获时，其场面更为壮观。待到冬闲季节，坑里淤泥中的藕长成了，集体投放的鱼苗变大了。于是，全大队十二个生产队在姬家坑摆开了"战场"，十二部解放式链条水车（一种靠人力和畜力推动的汲水工具）排成一排安在了坑南岸。接着男女社员齐上阵，昼夜不停地推水车，把坑里的水都汲上来排出去，时称"翻坑"，目的就是把鱼逮上来，把藕挖出来，然后分至各家各户。这时就看到满坑大大小小各种各样的鱼都集中在浅水洼里活蹦乱跳，全被人们收入荆篓抬上岸来。每逢逮到大个头的鱼，立即引起众人的观看与惊叫。

淤泥中的白莲藕也被社员们采出来摆干净，一根根、一节节，又白又胖、又鲜又嫩，引得人们个个笑逐颜开。待逮完鱼挖完藕之后，生产队里还得让人们趁机把坑里又黑又壮的淤泥一筐筐、一兜兜抬上来，当作肥料给土地施肥，以换取来年粮食丰收。更有趣的还是在挖坑泥的过程中，有人竟然在淤泥中一锨挖出鲜活的大黑鱼和大泥鳅，又引得人们欢笑不止。

昔日故乡的姬家坑，真是我心目中最美的地方。它一年四季无不充满着诗情画意，给了我无穷无尽的乐趣。我是多么留恋那一去不复返的难忘时光。

2020年2月16日

再忆故乡的大坑

　　星移斗转，四季轮换。故乡的姬家坑，从20世纪70年代起，就逐渐变干。人们无不盼望着往日的情景再现，可是人们再也看不到大坑里成群的鹅鸭浮在水面，再也无法欣赏那满坑盛开的白莲。就在这种情形下，大坑里又发生了另一事件：镇上派来了放映员，只愁找不到合适的放映地点，因为体育场被供销社所占。于是乎，大坑就摇身一变，成了村里的大型露天电影院。

　　记得有一天，太阳还没落下山，大坑里就银幕高悬，人们离老远都能看得见。尤其是那些天真可爱的少年，更是兴高采烈，奔走相传，不到天黑，就来把窝占，只盼着电影快点开演。那时所放的影片，大多是《地道战》《地雷战》《南征北战》，偶尔还放部外国故事片。尽管这样，人们还是兴趣不减，逢演必看。

　　有一天，大坑又进入了一个生产队长的视线。那个队长是个老庄稼汉，有一套丰富的实践经验。面对大坑，他心中又打起了"算盘"，如今坑水已耗干底儿朝天，为什么不开垦出来，种上合适的作物，让大坑再作出点新贡献？于是，他眉头一皱，当机立断，指挥耕牛，把坑底耕翻细把了一遍，终于开出了一块平平坦坦的地，他又带领社员不失时机种上了大片荞麦。于是，在阳光雨露的滋润下，荞麦竟快速生根发芽破土而出茁壮成长，没多长时间，荞麦花就在大坑开满。但见那盛开的荞麦花：红根红梗绿叶配，花色如雪白似银。纯洁无瑕竞相开，美不胜收香袭人。引来蝴蝶翩翩舞，惹得蜜蜂采花勤。不学春花早凋谢，只恋秋色怡人心。置身于白色的荞麦花中，真有人在画中之感，以至于吸引了许多人来坑边一睹荞麦花的风采，尽情地欣赏坑中的美景。真可谓：流连花坑不知返，尽兴徜徉倚东风。满眼丽景醉观客，老农妙手巧绘成。这又让人不禁想起苏轼"但见古河东，荞麦如铺雪"和戴敏"颇动诗人兴，满园荞麦花"那优美的诗句。同时又让人想起荞麦花所蕴含的"一分耕耘，一分收获"和"天道酬勤"的深刻寓意。果然，那年老天不负有心人，荞麦喜获丰收，看果实粒粒饱满，颗颗形似心，但等外衣脱，闻之香喷喷。

后来，大坑里的景观又有了换新，它摇身一变又成了大坞物资交流大会的牲畜市场。每逢大坞会，四面八方的人都涌进大坑，或买或卖，好不热闹。但听大坑里牛马猪羊的惊叫声、买卖者的嚷嚷声，与其他各种声音混杂在一起。甚至我还看到过买卖大牲口的经纪人在袖口里用手语讨价还价以及那颇为丰富的神态表情，还有那提着茶壶穿梭在牲畜市场不停地叫卖大碗茶的少年……

故乡的姬家坑，真是历经了沧桑，见证了时代的变迁。如今的大坑较之以往已旧貌换新颜：它的南部，早已被填平，变成了一条宽阔平坦的商业大街。在路边的建筑群拔坑而起、鳞次栉比、商铺林立，广告招牌五颜六色，真是生意兴隆、热闹非凡。大坑的西部，被取而代之的是滕州市第一人民医院的门诊房、停车场和绿化带，另外还有一个经营红火的小饭店。唯有剩下的大坑的东北角一小部分，也被村集体承包给了个人，里面挖成了"坑中坑"，坑坝上还植上了一些树木，鸟儿在其上做巢栖息。坑中尚存一汪浑浊不清的死水，夏天还散发出一股难闻的气味，平时几乎无

人关注，只有那老坑沿似乎还时时提醒人们莫忘大坑过去的岁月，仿佛在向人们倾诉着大自然的无限感慨……

2020年2月18日

亲情篇

老娘养鸡

四十年前的一个春暖花开之日，当时已近中午时分，艳阳高照。伴着和煦的春风，一个响亮的叫卖声打破了乡村的宁静："卖小鸡喽……"清晰的声音飘进了各家各院。人们陆续走出家门，循声张望：只见一位中年男子挑着两个大鸡筐，来到了我家门前的小石桥边，然后轻轻地放下，又拖着长腔吆喝了一声："赊鸡买鸡……用鸡蛋换小鸡喽……"

这时，我白发苍苍的老娘也闻声放下了手中的针线活，弯着那永不能再直起的腰，挪动着尖尖的小脚，走出了家门。卖鸡人看已围了不少人，便掀开了筐盖，只见筐中刚出的小鸡叽叽叽地欢叫着，一个个毛茸茸，白的黑的浅黄的，还有花头花脑的，实在招人喜爱。人们一看是满满的原筐鸡，只只个头大，个个有精神，于是都争相挑选。

那时卖鸡人常用三种方法推销：一是现钱卖，一只两三毛；二是用鸡蛋换，三个换一只，不过还得有前提条件，就是家中必须有公鸡；三是赊欠，价格贵一半，一只小鸡五毛钱，实名记账秋后收钱。多少年，质朴的乡下人就凭着诚信赊鸡，年年如此，无人赖账。那时，乡邻们大都采取第三种方法，记下真名实姓，待秋后把鸡账如数还清，不拖欠不少给。我娘也是这样，她左挑右选，把赊来的小鸡用老蓝布褂子的大襟兜回家二十只。

从此，老娘就把这些小鸡精心地喂养，盼望它们快快长大，无病无灾。她知道只要伺候好，小鸡就长得快，当年就能下蛋，吃盐打油零花钱，一切全靠蛋来换。老娘还在心里这样念叨：母鸡多了下蛋多，少成公鸡好赚钱。可真巧了，老天竟遂了娘的愿，赊来的小鸡大多数成了母鸡，公鸡寥寥几只。于是，她只留了一只个头最大、长得最漂亮、打鸣的声音最好听的大红公鸡，其余拿到集市上卖了钱。

老娘喂鸡可真是有一套丰富的实践经验。令人感到有意思的是，她能根据母鸡颜色、个头、特征给每只鸡起上不同的名字，如大黄、二黄、秃尾巴，小黑、小白、咕咕头，芦花、凤头、歪冠子等。每逢天黑鸡上窝前，她都要反复清点数目，而且她还设计了一套让鸡一听就懂的信号，如把鸡食盆敲得直响，或嘴里发出一种特殊的声音召唤群鸡吃食饮水、上宿出窝，而且还能及时喝止个别鸡的不良行为等，每只鸡都被训得召之即来挥之即去，个个都那么老实听话。

说起老娘对母鸡的照顾，那可是无微不至。为了让鸡住得舒适，她老早就把鸡舍准备好，做到冬暖夏凉。她设计的鸡舍分上下两层：底层让鸡晚上睡，上层供鸡白天下蛋。为了引导鸡不乱下蛋，她还专门把两个空蛋壳拼成一个高度仿真的引蛋，提前放到窝里。同时她在窝里还铺上了一层软乎乎的麦穰，并且还注意把窝设计得相当隐蔽，以让鸡下蛋时不受外界干扰而静心生产。每逢鸡刚下完蛋，也许是为了向同伴炫耀显摆，或是向主人邀功请赏，那鸡总是"咯咯咯嗒"地大声叫个不停，仿佛骄傲不已，唯恐外者不知。这时，老娘就抓把粮食赏给它，以示鼓励。更有意思的是：娘对每天有几只鸡下蛋都做到心中有数。为此，她每天早晨撒鸡时，总堵在鸡窝门口，逐个去摸鸡屁股，以借此确定每只鸡今天是否下蛋，应该拾几个鸡蛋，真做到了了如指掌。

娘有时也曾和不听话的鸡发生过矛盾。有一次，娘发现一连几天没看到大黄鸡下的蛋，于是她采取盯梢之术，跟踪追鸡，结果发现那鸡偷偷地寻了个旮旯儿，钻了进去，正欲蹲下生蛋，一下让娘逮了个正着，并没收了它攒的蛋。原来是那只鸡在耍小聪明，想存几个鸡蛋孵小鸡，岂料"鸡谋"落空，白做了场梦，还赚了个"关禁闭"。

娘还是群鸡的保护者。有一年腊月初八，天寒地冻，北风呼啸，雪花飞舞。在夜深人静之时，有一只黄鼠狼溜进了院子，想给鸡来拜早年。那狡猾的东西看到鸡窝门有缝可钻，就钻了进去，一只鸡竟被咬住。鸡的惨叫之声，惊醒了正在熟睡中的老娘，她闻声迅速披衣起床，摸着黑冲出屋门。在院里顺手抄起把扫帚，怒不可遏，疾声大喝"除！除！除！看你还偷鸡！"黄鼠狼见势不妙，弃鸡而逃。只可惜那只鸡已被黄鼠狼咬死。我娘双手捧着那只尚有余温的鸡，忍不住心疼而失声大哭，她声泪俱下，一边骂黄鼠狼，一边不住地抱怨自己："都怪我，没把鸡窝堵严实。"老娘是在为自己的失职而自责不已，伤心至极。从此之后，那幸存的鸡不敢再到窝里去，一只只都飞上了家中的梧桐树，从此安全度过了每一晚。娘也无法把它们赶下来，只得顺其自然，随"鸡"应变。

老娘养鸡还有一段插曲。有一年春天，她发现一只大黄鸡不见了，于是先在院子里找啊找唤啊唤，就是不见其影。她又跑遍大街小巷，到处寻唤也不见动静。她怀疑鸡是误入了别家鸡群，于是她又挪动着小脚，走上了街头，扯开嗓门，满街吆喝开来："老少爷儿们，姊妹娘们，谁看见俺的大黄鸡了吗？要是见到就行行好放出来，俺感谢不尽。"就这样来回几趟，喊得口干舌燥，仍无信息，只得作罢，但还是心疼了好几天。

孰料，有一天，那失踪二十多天的老母鸡，竟突然出现在了娘的院子里，而且还领来了一群小鸡，但见老母鸡前边"咕咕"地叫唤，小鸡在后边"叽叽"地边叫边跟随，老母鸡对小鸡的百般呵护千般宠爱，真让人触景生情。这究竟是怎么回事？原来，老母鸡是为了繁育鸡族后代，竟向主人玩起了失踪，来了个不辞而别、离家出走。它钻过我家的篱笆墙，在水坑边老碾旁一个不易被人发现的石头旮旯儿里，私自攒下了十几个蛋，然后在

那里进行了孵化，历经二十一个日日夜夜，终于孵出了十几条幼小的生命，又把它们胜利地领回家中。正所谓：古有塞翁失马，今有媪妪丢鸡。老娘对此笑逐颜开，她感叹道："天意啊天意，谢天谢地谢大黄！"看着眼前这番情景，这时老娘凭着经验，灵机一动，又想起了一个妙招。第二天，她趁机又赊了十只小鸡，在夜间把小鸡偷偷地放进了老母鸡的翅膀底下。老母鸡浑然不知，视之如己出，倍加呵护，使小鸡茁壮成长，直至出窝。

在老娘的精心饲养下，母鸡们只只忠于职守，个个争气尽力，竞相多多产蛋。我老娘把鸡蛋攒了一罐又一罐，卖了一茬又一茬钱，可是她老人家竟然舍不得多吃一个蛋，舍不得枉花一分钱。她攒啊攒，目的很简单：就是自己辛苦多攒点钱，少给孩子们添麻烦！直到最后去世，娘的存钱罐里还有攒的一些零零碎碎的鸡蛋钱。想起来真叫人禁不住感叹："可怜天下父母心！"

这就是老娘养鸡中的喜怒哀乐和苦甜，让我终生难忘却，永远铭刻在心间！

2020年2月25日

摇耧手

　　饶有兴致地一口气读完了倪义省老师的《最后的扶犁手》，我深受触动。倪老师的父亲不愧是当年的好扶犁手。同时，也勾起了我对那个年代的记忆，由扶犁手又想起20世纪六七十年代活跃在三秋"战场"的又一个重要角色——摇耧手。

　　凡生长在农村的人都知道：寒露两旁看早麦，时令季节不饶人。每年国庆节一到，就意味着已进入了小麦开耧播种的最佳时间。若过早或过迟开耧，肯定会影响来年的小麦产量。因此，适时抢种小麦成了当年三秋"战役"中最响亮的口号之一，也是关键之战。

　　待扶犁手把一块地耕好耙细之后，摇耧手就披挂上阵，大显身手了。那时，根本没有播种机，生产队全靠人力播种小麦，而普遍使用的农具就是耧子。此农具最初是木工制作，后才又出现了铁制的。一把耧子通常有三条腿（也有两条腿或独腿的）。耧子的宽度一般为五十厘米左右，其上专设一个斗子用来盛麦种。耧麦时，在摇耧手的操纵下，种子就从斗子下方中间的出口处，通过不断摇晃而来回摆动小铃铛，源源不断且均匀漏进中空的各条耧腿而播进地里。另外，还配有一副长短适中的耧杆，供支耧者（也叫架耧子的）使用。

耩麦的学问可不少。这是一个集体项目，一把耩子上一般得用六个劳力，其中包括摇耧手、支耧手和四个拉耩子的，所配劳力必须是偶数，支耧手左右各两人，不然会使耩子因受拉力不均而走偏走斜。在这盘架子中，摇耧手是主角，其次是支耧手，其余人员是配角，但作用都很重要，缺一不可。耩地时六人必须密切配合，高度协调，步调一致，匀速前进。特别要说的是摇耧手，要用双手掌心向上平端着耩子把儿，呈半握之状，用小臂及手腕用力左右不停地摇晃着耩子，凭经验、技巧、手感和眼力掌握着耩地的深浅（当然也得要支耧者密切配合）以及下种量的多少和耩子的直线前行。

耩麦时，要做到深浅适中，过深麦出不好，过浅会露种，都会直接影响苗全苗旺。同时，摇耧手还要根据土壤墒情、地温、土质与地力的不同，还有种子的颗粒大小与干湿及播种时间的早晚等，准确适当地掌握播种的深浅及下种量的多少。作为一个好摇耧手，就一定有这样的把握：这块地需要下多少种子，耩地前用两根手指一量耧门（下种的孔）大小，然后固定住，保准八九不离十，做到种子下地不多不少，不稀不稠。

摇耧不光技术性强，而且最为劳累，必须有一身硬功夫。摇耧手摸起耩子，双手端起那笨重的家伙，还要一刻不停地摇动，有的地块走一个来回，就有1里长的路，而且踩的是陷脚的暗堡子地或老土地的干硬坷垃，一天少说得跑几十里，还得连续作战十多天。即使钢筋铁骨，也难免累散架，其劳动的超强度可想而知。

我的父亲当年就是这样一个摇耧手，他是生产队有名的老把式。他摇耧还有一个特点：在耩地时两上臂夹紧，双手端平耩子，很有节奏地用力摇动，把小铃铛晃得叮当作响，悦耳动听。同时，他还不断地给前面的人加油助力。地头拐弯时，提放耩子的动作干净麻利，让前边的人感到舒服、轻快又省力，因此，大家都爱跟他一起干活。就是这样，只要支耧的把耩子架得正、走得稳，大家的劲儿使得匀，速度掌握得好并始终如一，耩出来的地，麦垄十分直溜，每耩之间留距匀称、不宽不窄，真是保质保量、美观漂亮。为此，公社还专门在地头上开过小麦播种现场会呢。

我的父亲当摇耩手，还十分注意培养新人。他觉得自己越来越老，生产队需要年轻人接班，于是就带起了徒弟。这个徒弟，就是当年的一个民兵排长刘延志。父亲利用休息时间，热情耐心地向他传授摇耩的技术要领和操作技巧，不厌其烦地手把手去教。为了考他，父亲还在当场给他设计了一道试题，让徒弟把两个熟鸡蛋分别夹在左右胳肢窝里去摇耩耩地，徒弟大惑不解。父亲说道："耩地时只要鸡蛋掉不下来，就算你出师。"原来，摇耩手最忌讳在耩地时上臂夹不紧，这可是一大基本功。考试合格，父亲当场发奖：两个鸡蛋，以示鼓励。

摇耩耩地这一道三秋"战线"上亮丽的风景，时至今日，还常常在我脑海里浮现。我似乎又听到看到：社员们在摇耩手的带领下，向着一个共同的目标，齐心协力，来往穿梭在田野上，辛勤劳作，奋斗不息，苦并快乐地干活。在集体劳动中，或闹个笑话，或耍个贫嘴，或讲个故事，或讨论个问题，或搞个地头大会餐，倒也别有一番情趣。阵阵欢声笑语在田野上空随风飘荡。此时此刻，耩麦的大姑娘小伙子们，似乎看到了满坡遍野，阡陌交通，块块麦田，整整齐齐。忽而，又变成了绿色的地毯，一望无边；继而，又幻为金色的海洋，麦浪滚滚、闪闪发光……好一派丰收景象。

2019年11月

双亲墓前诉衷肠

各位亲朋、来宾与族人：

值此中秋将至，适逢吉日良辰，我兄弟几个及家人，以无比崇敬的心情，相聚在此地，一起缅怀我们已故的双亲。此时此刻，我百感交集，激动万分，双亲慈祥的面容似乎在眼前重现，二老亲切的声音好像在耳畔回响。

我们最敬爱的双亲，已离开我们近四十个春秋。曾有多少个日日夜夜，无比强烈的思念之情，使我们夙夜忧叹、寝食难安；曾有多少个细雨纷飞的清明寒节，我们跪倒在父母的坟前，泪如涌泉。对父母，生前未能尽责尽孝；双亲故后，也未曾树碑立传。强烈的自责，无尽的遗憾和深深的愧疚，无时无刻不困扰在我们的心间。

今天，我们有幸肃立在父母的坟前，多年的愿望已经实现。给双亲的坟上再添一捧黄土，以表子孙心愿；给父母立上一通高大的石碑，作为对二老永远的纪念。

父母大人：是您二老，一辈子含辛茹苦，维艰维难，把我们兄弟几人一手拉扯大，成家立业；是您二老，在有生之年无私奉献，给我们创造了宝贵的精神财富与物质财富；是您二老，当年的言传身教，使我们懂得了人生道理，让我们终身受益。

二老生前，与人为善，谦虚谨慎，忠厚诚实，勤劳简朴，尊老爱幼，宽厚仁慈，团结友爱，顾全大局，又识大体，品德高尚，始终如一，有目共睹，众口皆碑，为我们子孙后代做出了永远的榜样！

二老的恩情，比天高，似海深，我们将永志不忘。我们定以实际行动，报答双亲的恩情，让二老永远含笑于九泉之下！

最敬爱的父母大人：您的子孙，在此特向您告慰，二老的遗愿今已实现。请看今天，你们已儿孙满堂，且有所作为；你们的代代后人，正茁壮成长，一代更比一代强！

最后，我代表全家及双亲，对前来参加立碑仪式的亲朋、尊敬的贵宾，表示衷心的感谢和崇高的敬意！

谢谢你们。

2018年9月15日

我家的一张老床

　　我在老家至今还保留着一张老式的面子床。之所以说它老，是因为它已经历了上百个春夏秋冬，最后传给了我。就是这张老床，见证了岁月的更迭、风云的变幻。

　　这张老床，长二百三十八厘米，宽一百二十二厘米，高六十厘米。细看其卯榫之间，咬合紧密，严丝合缝，虽年代久远，现仍未变形，躺在其上，四平八稳。我真佩服当年木匠的精细做工。在床正面的镶板上，还刻有三副木雕，分别是牡丹、石榴和松柏图案，生动形象，寓意深含。

　　直至今日，我每次回家小住，仍睡在这张老床之上，铺的仍旧是四十年前用春高粱秸织成的老箔和用微山湖草织就的笤子，还有那用秫秸篾子编成的席。躺在老床之上，常有一种特殊的感情油然而生，万般思绪一齐涌上我的心头。

　　记得从我懂事的时候起，慈祥的奶奶曾不止一次地告诉我："这张床有年岁了，当年是你老爷爷专门用一棵大楝子树请好木匠打成的，叫'恋子床'（因'楝'与'恋'同音故用此名），图个吉利，当年我和你爷爷成亲用的就是这张床，你大爷、三叔和你爹还有你三个姑都睡过这张床。"接着奶奶又说："后来到了你爹娘成亲的时候，我和你爷爷才把这张床腾了出来，油漆了两遍，这张床就成了你爹娘新婚的喜床。"

从此，这张床就与爹娘相伴。之后，我的两姐一哥相继出生。曾有多少次，他（她）们在床上爬来滚去，草屋里时常传来欢快的笑声。特别是我的两个姐姐聪明活泼还懂事，可万万没想到，她们竟先后染病。由于缺医少药，导致九岁的大姐和四岁的二姐先后在这张床上离开了人世。我娘悲痛欲绝，久病卧床，精神恍惚。

后来，娘又在这张床上生了我。又不知多少个不眠之夜，娘拖着疲惫的身体，坐在床上抱着哄我。因营养不良，娘的奶水不足，我饿得嗷嗷直哭，无奈娘只得用地瓜粉面打成稀糊，一口一口地喂我，有时娘也炖个鸡蛋糕，把蛋糕一匙一匙地送进我的小嘴。到了白天，娘还经常抱着我求有奶水的婶子、大娘赏口奶吃，每次娘总是对她们千恩万谢，等过年过节还要感谢他们的帮助。

曾经有多少个寒冷的冬夜，娘坐在床上，总是用大襟袄把我紧紧地揣在怀里，用她的体温暖着我，用手轻轻地打着节拍，低声哼着那古老的催眠曲，把我送入甜蜜的梦乡。然后娘再轻轻地把我放下，仍坐在床头上，紧靠着微弱的油灯亮光，穿针引线做鞋做袜缝缝补补。那时很穷根本没有一件换洗的衣服，以致我们的衣缝里藏满了虱虮和跳蚤，娘总是在夜间给我们捉虱、灭虮、逮跳蚤。娘为我付出的辛劳，只有这床最清楚。曾有多少个闷热的夏晚，娘坐在床边，手拿一把旧蒲扇，对着我轻摇慢扇，不紧不慢，给我驱赶蚊虫，帮我消除热汗，尽管她背疼腰酸，可还是手不停闲。在我入睡之前，娘还给我讲着那动人的民间故事，把我带进那美丽的童话宫殿，而我躺在床上，感觉着那样的踏实和舒坦。

日月如梭，哥要结婚，爹娘忙着把喜事操办。婚房已有，有草屋三间，就还缺张新床。可哪里再有余钱？于是爹娘一合计，赶紧把他们正铺着的老床腾了出来，又油漆了两遍，床上铺上新箔、新苫子、新红席，才把嫂子娶到家里。二老则睡掉了一条腿的破床，直到去世。

　　光阴似箭，我又到了大婚之年。婚房已有，可是没床咋办？父母又合计，找来哥嫂商量，家中资金紧张，买不起新床，再说那是张"恋子床"，能否把这张老床腾让？哥嫂见状，满口答应。于是，爹又把这张老床油漆了两遍，把它安在了我的新房。从此，这张老床与我结下了不解之缘。

　　记得二女儿七八个月时，有一天妻子把她哄睡后，关上门去生产队场里干活，趁休息时间回家看看，走进屋里只见床上空空，顿时吓得脸色大变，难道孩子让人抱走了？一找才发现，二女儿竟然掉在床头与衣柜的一个狭窄的小空间，没有半点动静。原来，女儿醒后哭闹翻身打滚掉下床来，不知哭了多长时间，竟在床旮旯又睡着了，眼角还噙着泪。妻子把她抱上床，心里直发酸。

　　闺女还好说，唯独儿子比较难拉扯。他自幼体弱多病，三天两头进医院。妻子对儿子视若掌上明珠，疼爱有加。每到夜晚，儿子天天闹觉，夜啼不止。妻子每晚就抱着儿子，坐在床上，又摇又晃又轻拍，好让儿安睡，有时甚至直到天亮。就这样久而久之，妻子竟把床上铺的箔给坐扁了，床头上出了个凹坑。

　　就是这张老床，曾经伴随我度过了那难忘的岁月，经历了无数次的风雨。想当年，它跟着我共挪了五次窝。第一次，我们兄弟仨抓阄分家，我住的屋分给了我哥，于是，这张床跟着我搬进了路北的三间草房。记得当时草房已多年失修，那年又恰逢多雨，一下大雨，屋里到处漏水，就连床上也不例外，无奈妻子只得把家中的锅碗瓢盆全拾掇出来摆上接雨。此时，外面电闪雷鸣狂风大作，暴雨倾盆而下，屋里各处小雨滴滴答答，正像杜甫诗中所云："床头屋漏无干处，雨脚如麻未断绝。"

　　后来，随着时代的进步与发展，乘着改革开放的东风，我拆了老屋盖新房，盖了新房建楼房，虽一次次地搬家，可是对这张床我始终不舍不弃。而床也始终跟着我，忠心地为我服务。曾经，它让我消除一天的疲劳；曾经，它让我无数次感受了梦中的香甜；曾经，它也让我充分享受了新生活的幸福美满。

直至今天，我虽然搬进了城里，住在了人和蓝湾，可我还是对这张床有着深厚的情感。儿女们也曾劝我："把床送人或者劈了烧锅做饭。"可我就是摇头不干，固执己见。

每次回到老家，我都要把这张床收拾得干干净净，铺上崭新的被褥，躺在床上，高枕而卧，仰面朝天，看着新楼的天花板，摸着洁白的墙壁，想着楼下租出的临街门面，听着外面不绝于耳的马叫人欢，我顿时感到那样的知足怡然。躺在这张老床上面，我常常觉得席梦思、弹簧垫固然舒坦，但是睡一睡这祖传的老式床，意义却非同一般。

对于这张老床，我已做好打算，有朝一日要把它送进乡村记忆博物馆，以便让我们的下一代参观。鉴往知来，这张床能让人饮水思源、乡愁绵绵，也能让人不忘过去、珍惜今天，更能让人牢记本分、初心不变。

2021年5月6日

父亲看场

　　我父亲的名讳张兆至，字善甫。他老人家已经离开我四十二个春秋了。这些年来，我无时无刻不在想念着我的父亲，他的音容笑貌经常浮现在我的脑海，他的言谈举止永远铭刻在我的记忆深处。其中最让我难忘的就是他几十年如一日坚守在生产队的场院，不论严寒酷暑，不论刮风下雨，自始至终痴心不改，为集体看家护院，从未擅离职守，直到他生命垂危，才依依不舍地离开了自己的工作岗位。

　　让时光倒流至20世纪的50年代初，那是一段极不平常的岁月。父亲像广大的农民一样，紧跟中国共产党，积极响应毛主席号召，组织团结带动刚翻身的农民参加农业生产劳动互助组。当初级、高级合作社呈雨后春笋之势，他又热情满腔踊跃入社，带领组织农民意气风发地走上了社会主义集体化道路；当农村人民公社化运动热潮掀起方兴未艾，特别是在毛主席亲自主持制定了《农村人民公社工作条例（草案）》，进一步明确了在现阶段人民公社实行"三级所有，队为基础"的制度后，他和广大农民一样，更加精神焕发热情万丈。从那时起，父亲就成了生产队的"大管家"，独一无二的看场人。

　　寒来暑往，星移斗转。父亲看场，送走一个又一个酷暑盛夏，又迎来一个又一个三九隆冬。每到冬闲，尽管场里恢复了平静，没有了人们忙场的身影，但是场里还有土圆仓，仓库里存有五谷杂粮、地瓜干，还有生产队的集体财产（坛坛罐罐、电机、电线、农具等）。他知道破家尚且值万贯，更何况是生产队多年积攒的大家产；他知道自己是生产队的保管员，众人之托重于山，万万不可失信、失职丢脸面。就这样他始终坚守着自己的岗位，日复一日，年复一年。

我清楚地记得，在1976年7月28日凌晨，河北唐山发生了罕见的7.8级大地震，连我们这里都有震感。在这种情况之下，我们这里也进入了一级防震，家家户户响应上级号召，纷纷搭建防震棚。

此时此刻，父亲仍不顾家人相劝，一步不愿离开场院。为了防震，他在场里搭起了防震棚。说是棚子，其实更为简易，几根木棍和几捆高粱秸搭成一个瓜庵子状，上面摆上一层麦穰，以遮风挡雨御寒。在庵子里面，做了一个厚厚的麦穰窝，铺上一张旧席子和一床薄褥子。晚上睡觉，父亲就盖上一层旧棉被，还有一件老皮袄。为阻隔寒气侵入，父亲还在庵子口挂上用化肥包装袋做的门帘。就是这样，父亲如此安营扎寨，又继续看起了生产队的那片场。

就是在这一年的冬天，冰冻三尺，滴水成冰。记得那年一连下了几场大雪，场里白雪覆盖，父亲在晚上竟蜷缩在简易的草庵里，顶着零下十几度的严寒，始终坚守在岗位上，熬着那漫漫长冬。我见此情景，曾劝他："爹，在这里太冷了，你别看场了，回家吧，别冻出病来！"可他竟笑着回答："不冷不冷，这里可暖和了。"真叫人难以想象，他老人家究竟是怎样度过那一个个寒冷的长夜。爹一心一意为生产队看场，在他的心目中，集体的利益高于一切，这是一种何等强烈的责任感！

父亲在看场的同时，还负责生产队地瓜种的储存。要知道，在那个以地瓜为主食的年代，地瓜种的储存是何等的重要，地瓜在窖里越冬，极不容易保存，万一寒了窖或热了窖，生产队将会遭受到巨大的经济损失，全

年的生产计划将会落空，后果不堪设想。为保证地瓜种保存万无一失，父亲比照顾自己的小孩还上心。不分昼夜给地瓜窖通风透气调温度，终于让队里的地瓜种安全过冬。等春回大地，地瓜种竟保存得十分新鲜。

然后，父亲又把这些地瓜种一块一块摆在火炕（育苗的温床）上，他又废寝忘食，夜以继日，精心培育地瓜幼苗，给地瓜炕调温洒水，中午掀炕让幼芽晒太阳，晚上盖苫以防秧苗遭冻，终于培育出一炕炕、一茬茬优质的地瓜苗，当社员们夸他是"地瓜育苗能手"时，他却淡然一笑："为大家伙办事应该的。"

我的父亲就是这样，几十年如一日把自己的整个身心都交给了生产队的场，交给了集体事业。在生产队里看场，父亲每天回家只吃两顿粗茶淡饭，平时吸自制的喇叭形烟卷，喝地瓜干酿造的"八毛辣"，早上就连一碗粥也舍不得喝，那时供销社饭店的一碗粥配一把馓子才一角钱。他由于风餐露宿，饱受磨难，终积劳成疾，得了哮喘病，后来发展到了肺气肿，一走路就张口气喘，咳嗽不止，五步一停十步一歇。我知此情况，也曾给他盛过几次粥送到场里，但也没做到持之以恒，想起来，我深感遗憾和内疚。乌鸦尚知反哺，羔羊且能跪乳，而我对父亲却未尽孝敬之心，没有报答他的养育之恩。古人曰"子欲养而亲不待"，一切后悔皆已晚矣！无尽的自责，禁不住让我涕泪交流沾湿衣襟。

父亲看场几十年，默默无闻。1978年冬病情日趋严重才恋恋不舍、万般无奈地告别了生产队场院，在医院治疗了七十多天。1979年父亲在医院过完最后一个春节，病情进一步恶化，生命垂危之际，仍然念念不忘生产队的那片场，念念不忘兄弟玉洲的高考，甚至还想再背上我的大女儿到场里尽情地玩耍。直到最后一刻，他还憧憬着无比美好的未来，只可惜父亲还没来得及看上一眼改革开放的辉煌成果，就于1979年农历二月初七亥时，永远闭上了双眼，享年五十九岁，我兄弟几个悲痛欲绝！

记得父亲去世后出殡那天，大坞管区、大队、小队连中心学校的领导都前来给父亲敬献花圈，管区书记吕克仁、大队支书张兆乾都一致赞扬了他一心为公无私奉献的高贵精神。村里的乡亲乡邻也都前来吊唁给他送行，社员群众异口同声给了他三个字评价"大好人"！

　　我的父亲是一位勤劳、质朴、忠厚、老实的守信之人，他是成千上万个中国农民中最普通的一员，也是中国农民的典型代表，在他身上，集中体现了中国农民的许多优良品质。父亲在我眼里是平凡的，又是伟大的，我永远怀念我的父亲！

2021年1月

父亲在麦场

　　每年一到麦收季节，集体的庄稼都要集中到一个宽敞的大空地上。那时，一个生产队有好几百亩小麦，不像今天有大型联合收割机，轰轰隆隆开过去就颗粒归仓了，省工省时又省事。可当时要想让小麦丰产丰收，必须男女老少齐上阵，起早贪黑拼命干。先用镰刀一镰镰地把麦割下来，再用大小车辆一车车运到场里，再一叉子一叉子把麦穗头摊开翻晒，再套上老牛拉着碌碡一圈一圈地碾轧，然后再把轧下来的糠麦用小簸箕一下一下地扬净，最后还要一场一场把鲜麦晒干入库，其劳动量之大，工序之繁杂，不言而喻。一个麦季下来，人人都瘦了一圈，那真是"粒粒皆辛苦"啊！

　　而这个时候，也是父亲最劳累、最操心之时。他在麦场，担任着一场之长，场中的工作由他全权负责，尤其是防火、防雨更是让父亲深感责任重大。试想全队三百多亩的小麦全运到场里，如遇响晴之天，一点火星就有可能引起火灾，让全场小麦化为灰烬，必须时刻提高警惕；倘若遇狂风骤雨，往往让人措手不及，如不及时抢场，全年的希望都得泡汤。此时此刻，就更显出我父亲非凡的组织和指挥能力。每回摊开场，他都得对着老天察言观色，一旦发现天气有变，他就立即组织在场人员争分夺秒地抢场。在他的指挥下，社员们各司其职，干得紧张有序。挑麦穰的不停地挥着叉子上下飞舞，堆麦的推着刮板（一种堆麦的工具，一人拉一人推）来回穿梭，扫场的挥动大扫帚动作熟练且迅速，真是叉子扫帚大木锨十八般"兵器"全派上用场。此时此刻，麦场之上但见尘糠飞扬，天际由远及近的滚滚雷声和社员们抢场的各种响声连成一片，汇成了一支紧张激烈又繁忙的抢场交响曲。待大雨来到，"战斗"正好结束。父亲见集体财产丝毫无损，用兴奋的眼神看着疲惫不堪、气喘吁吁的社员们，那爬满皱纹的脸上露出了胜利的微笑。

不过，抢场也不都是这么巧，往往天有不测风云，也有迅雷不及掩耳之时。有时突如其来，狂风大作，雷鸣电闪，暴雨倾盆，抢场人员个个被淋得犹如落汤鸡一般十分狼狈，这时父亲就诙谐地说道："风梳头，雨洗脸，泡澡不用咱花钱，你说合算不合算？"逗得众人哈哈应道："合算合算。"劳动者的笑声在打麦场上空随风飘远。

按说父亲当场长，一边指挥社员们劳动，一边溜溜转转、走走看看，防火、防雨保证安全，也就算尽职尽责了。可他是一个闲不住的人，一不干活手就发痒。在场里，他是一个被社员们公认的多面手、好把式，尤其是擅长扬场。那时根本没有扬场机，生产队收获的十几万斤小麦，全靠扬场手用小簸箕一下一下地扬。待轧完场，社员们连糠带麦打成一大堆，这时就看父亲头上扎条毛巾或戴顶席夹子，顺手抓把糠麦向空中一抛，先确定了风向、风速，然后双腿叉开一前一后立定站稳，拉开架势，把手中的小簸箕向身旁一伸，上锨的人就十分默契地把糠麦正好送进小簸箕里，紧接着父亲双手用力地将小簸箕中的糠麦迎风向前上方抛扬开去。这时如风过大，父亲稍稍弓腰把糠麦迎风低抛，否则会把麦粒裹进去扬跑；如风过小，父亲的身子则稍微前倾，把糠麦向上空抛高一些，不然麦糠就撒不出去而扬不干净；如老天突然调了风向，父亲就"见风使舵，左右开弓"，正反架势轮番使用。即使没有一点儿风，他也会"无中生有"，竟能让手中的小簸箕扇出风来。

随着父亲手中小簸箕的起起落落，饱盈盈、金灿灿的小麦粒就不断地从空而降，麦糠也随风飘到一边。这时候，打扫未脱壳的秕麦粒的人一边忙碌一边开玩笑说："看啊，天上下金雨了！"话音刚落，引来了全场人一阵欢笑。此刻，父亲也好像被这欢乐气氛所感染，扬得更加起劲。

父亲当场长，重任在肩，平时根本无暇顾家，母亲总是为此唠叨不休，他也不以为然。别人放工他又上班，在场里继续拾掇，同时还负责着安全保卫，真是废寝忘食为集体，一心扑到打麦场。从新麦上场到捞完场（滕西方言指为了颗粒归仓重新把麦穰摊开，再轧一遍），这样一直干到农历六月初一，场里的活才告结束。

盛夏的夜晚，繁星满天，垛满麦穰的场里，连一丝风都透不过来。父亲每天晚上就在空地上铺上席子露天而卧，一个人又看起麦场来。那时闷热难耐不说，光蚊虫就让人无法忍受。父亲连顶蚊帐都没有撑，虽然身上裹个被单以抵御蚊虫的袭扰，但那些可恶的"吸血虫"从四面八方向父亲涌来，轮番进攻父亲，让人难以招架，赶走一群，又来了一团，父亲就是在那种环境中，熬过了一个又一个难眠之夜，迎来一个又一个灿烂的黎明。

父亲一辈子与生产队的麦场结下了不解之缘。是他，曾怀着对未来美好生活的无比向往，以社为家，一心为公，在自己所热爱的最普通的劳动岗位上，同广大农民一样，默默无闻，尽心尽力，为农村的社会主义建设添砖加瓦，尽职尽责，为集体大业无私地奉献出了自己有限的光和热，用自己辛勤的汗水浇灌着姹紫嫣红的幸福之花。我永远不能忘记父亲在生产队打麦场上度过的日日夜夜。

难忘的西安之旅

我家中珍藏着好几本影集，其中的照片有几十年前的黑白照，也有近年来的彩色照。对于这些照片，我都视若珍宝，每逢茶余饭后或闲暇无事，我总要打开影集欣赏一阵，就像品尝一杯杯陈年老酒而陶醉其中。每当此时，有关的情景就立刻跃然于脑海，无限的感慨一起涌上心头，久久不能平静。

首先分享我与老伴在2018年8月中旬和亲家俩、女儿一家游西安时留下的一组照片：在西安的古城墙上，在大雁塔前，在钟鼓楼广场，在巍巍的宝塔山下，在王家坪礼堂，在枣园毛主席居住过的窑洞门旁，在南泥湾丰收在望的稻田边，在震惊中外的西安事变旧址前……处处都留下了我们的串串足迹和张张合影。

其中最难忘的是我们在秦始皇兵马俑博物馆游览的情景。我早就知道秦始皇陵及兵马俑坑被联合国教科文组织批准列入《世界遗产名录》，被誉为"世界十大古墓稀世珍宝"之一。它是中国古代文明的一张金字名片，能到此一游，已是我多年的愿望，今年终于如愿以偿，心情格外激动。

随着比肩接踵的游客，我们来到了一号俑坑。只见俑坑中数不清的兵马俑，身着战袍，整齐排列，组成方阵，一个个体魄魁梧、威风凛凛。

场面之宏伟，气势之雄壮，令人震撼和惊叹。其中最壮观的是另一个坑中的复杂布阵：战车、骑兵、弩兵样样俱全，坑中的兵俑形态不一，姿势迥异，个个双目圆睁、表情丰富，真是形象逼真、栩栩如生。如立射俑身穿轻装战袍，束发挽髻，腰间系带，脚蹬方口翘尖履，装束轻便灵活；跪射俑披铠带甲，左腿蹲曲，右膝着地，上体微倾转，双手于身体右侧一上一下作握弓之状，射手们有立有跪，有起有伏，有高有低，像是在轮番射箭，实乃活灵活现，令人叫绝。

目睹眼前情景，我们仿佛穿过了深邃的时空隧道，跨越了浩瀚的历史天空，置身于遥远的年代，仿佛看到了千军冲杀万马奔腾的情景，好像听到了古战场上那催阵的鼓角争鸣之声。

告别了兵马俑，我们又到了举世闻名的黄河壶口瀑布景区。壶口瀑布极为壮观，一到这里，眼前看到的是：黄河如一条腾飞的巨龙，从天上奔流至此，在不到五百米的距离内，河面宽度从数百米急剧收窄为二三十米，成壶口之状，致使河水流速陡增。就是在此处，河水从二十多米之高的陡壁峭崖上飞速倾注而泻，激流汹涌，浊浪翻滚，黄沫飞溅，烟雾迷蒙；而送入耳边的是：黄水的咆哮，狂涛的怒吼，其声如雷轰鸣，震耳欲聋，真是排山倒海，气势磅礴，令人惊心动魄，震撼至极。面对此景，我不禁想起："源出昆仑衍大流，玉关九转一壶收。"这岂不正是对壶口瀑布奇观的真实写照？

面对此景，我耳边似乎又响起了《黄河大合唱》那雄壮高昂、荡气回肠的旋律和声情并茂、气势恢宏的朗诵，又不禁由黄河壶口瀑布的壮观联想到中华民族的伟大精神。

短短几天，我们游兴不减，反而愈浓，我们像孩子般愉悦、惬意。可谁知道女婿、女儿在旅途中费尽了多少心血，付出了多少辛苦和担忧。当时正值酷暑盛夏，一路上，女婿、女儿唯恐我们热着累着、渴着饿着、摔着碰着，对我们体贴入微、关怀备至，还带我们尝遍了当地的风味小吃，让我们不仅饱了眼福，还饱了口福。

西安之旅顺利结束，女婿、女儿看着我们乘兴而归，悬着的心终于放了下来。可谁料，出了意外情况，当列车开进徐州站，就在临下车之际，老伴突然感到右膝疼痛难忍，如针刺一般，站也站不起来，更别说挪动一步。怎么办？一时找不到轮椅，于是女儿与外孙女，不顾疲劳，一起架着老伴，十分艰难地一步一步向前挪动。下台阶、上台阶，下来火车再倒车，就这样，女儿与外孙女二人累得气喘吁吁，大汗淋漓，终于让老伴坐上了回家的列车，紧接着又送到了医院……这一切可把女儿折腾苦了，一想起来，我就心疼不已，感慨万千。

难忘的西安之旅，让我们深深感受到了晚辈的一番赤诚的孝心和浓浓的亲情，他们给予了我们精神上的满足和享受，带来了晚年的幸福与快乐，让我们越活越带劲，越活越年轻。

2019年7月26日

一则日记背后的故事

　　我的外孙女即将到华东政法大学读研，她是以连续三年在全系156人中专业第一、复试第一的优异成绩被山东农业大学保送至华东政法大学法律学院继续深造的，真是百里挑一。她为了提高自己的英语口语水平，今年连春节也没在家过，漂洋过海到了群岛之国菲律宾，去参加雅思培训班。真是赶得如此之巧，此时恰逢菲律宾塔阿尔火山突然间喷发，我从电视里看到：这个火山在沉睡了半个世纪之后苏醒，于喷发之时，道道闪电划破长空，蘑菇云腾空升起，火山灰直冲云霄，岛国之上灰尘漫天飘落，场面如魔幻大片。

　　此时此刻，我想起了在国外只身一人的外孙女。她出国学习，竟遇如此大事，我自然甚为关切担忧，不知她近况如何，于是进行了微信语音通话，那边立即传来"一切安好，请勿挂念，姥爷保重"的熟悉声音。同时，她还特别强调了这次菲律宾火山喷发的时间——2020年1月12日，接着，她又问我："姥爷，你还记得八年前的1月12日吗？""我哪记得！"于是，她给我发来一个短信，我一看原来是篇日记，现抄录如下。

　　2012年1月12日　16：48

　　今天外公听说我考了班级第一的好成绩，并且明天要参加山东赛场的英语总决赛。他诗兴大发，亲自送给我一封贺信，内容如下：

祝贺丹宁考第一，贺岁献礼皆大喜。

丹心立下鸿鹄志，宁做鲲鹏展翅飞。

考场如同竞技场，第一尚需再努力。

一鼓作气获全胜，笑看级部谁能敌？

谢谢外公为我写了这么押韵的诗句。希望这首诗在明天给我带来好运！在2012年全年给我带来好运！"一鼓作气获全胜，笑看级部谁能敌？"哈哈，好霸气啊……细细品味，真的感觉到技术含量极高啊！

加油！明天的总决赛，我准备好了，2012，我来了……

看完外孙女的日记，我努力地在记忆中搜索，噢！我突然想起来了。真是无巧不成书，还真又是一个1月12日！一天不差，只是两者间相隔了整整八年之久。于是，当年的那一幕又好像浮现在我的眼前……

那时，外孙女正在滕南中学上初二。在我印象里，她是一个乖巧的女孩儿，扎着马尾辫，一双水汪汪的大眼睛炯炯有神，显得朝气蓬勃、美丽清纯。当时她在学校就颇有名气，品学兼优全面发展。特别是她在"滕州市第一届小文豪评选活动"中，通过激烈角逐，过关斩将，最后脱颖而出，荣获了"滕州市小文豪"的光荣称号，并获得两万元奖金。还未上大学，就把大学的学费提前收入囊中，在全市各校引起了很大的关注，成了当地一大热门话题，她也成了一时的新闻人物，赢得了学校及老师的青睐，也为家长增光添了彩。尤其值得骄傲的是，就在初二那年，她作为山东省代表赴京参加全国爱国主义读书教育活动，在人民大会堂受到了国家领导人的亲切接见，并在一起合影留念，至今那幅大照片还在她的书房里高悬着，分外显眼。

我看着外孙女的日记，又清晰地记起，当时我让她看看贺信有什么特点，她说："姥爷，是一首诗。"我心想，什么诗不诗，充其量算个顺口溜。我又问："你还能看出点什么？"她摇了摇头。我让她把前七句话

的第一个字按顺序从头连在一起念下来，她念道："祝贺丹宁考第一。哇，我还真没看出来！"我说："这叫'藏头诗'，是模仿别人写法尝试而成。你再把第一句横着念下来。"她接着念叨："祝贺丹宁考第一。姥爷，您真会写！"她满脸通红，又十分高兴地说。接着，我又给她讲了其中用了哪些典故，什么是"鸿鹄之志"，什么是"鲲鹏展翅"，什么是"一鼓作气"，均出自哪里等，她听得津津有味。

也许她真的受到了我的鼓舞和激励，从而得到了前进的动力。第二天，她信心百倍地走进了英语总决赛山东赛场，凭着她扎实的基本功和出色的临场发挥，又一次摘得全省金奖的桂冠，为枣庄滕州争了光，为学校老师添了彩，给父母挣了面儿。

难道真是因为我的这句话让外孙女从此鼓起理想的风帆，在知识的海洋扬帆远航，展开那矫健的翅膀，在万里高空自由翱翔？后来，她顺利地考上了一中，升上了大学，又光荣地入了党。在大学，她通过不懈的努力，先后拿下四十余次奖（包括国家级奖五项，省级奖三项），其中有山东省优秀毕业生、山东农业大学十佳大学生、优秀学生干部、三好学生等，真是举不胜举。同时还获得国家奖学金、齐鲁自强之星奖学金等各种奖金，数目可观，多达两万元。

更让我感慨的是，这八年来，外孙女把我的这几句顺口溜竟记在了本上，刻在了心里，还常挂在嘴边，甚至连在大学多次演讲时，上台压阵第一句话就是："丹心立下鸿鹄志，宁做鲲鹏展翅飞，我是魏丹宁，大家好！"但凡场上细心的人一听开场白，就知道头两句中就已经嵌入了丹宁的名字，十分巧妙，从而一下子就能引起与会者的高度关注。

时间过得好快，八年之后的今天，外孙女迎来了二十二岁生日。她已经出落成了大姑娘，变得更加美丽淑雅、大方文静。她以一个天子之骄子的姿态，亭亭玉立在了姥爷的面前。她熬过了严冬与酷暑，走过了风风雨雨，迎来了硕果飘香的金秋，终于变成了今天家中第一位名副其实的法学研究生。她的前途无比辉煌！她是我们的骄傲和自豪！

也就是在这个特殊的日子——1月12日，我看到外孙女历经磨炼，终于长大成才，心中不胜欣慰，于是又不揣浅陋，为她赋诗一首：

致丹宁

正月宁音①耳畔响，恰似山泉淙淙淌。

才华横溢拔乎萃②，天之骄子堪称强。

长江后浪推前浪，魏府代代有栋梁。

鲲鹏展翅③九万里，光耀门楣铸辉煌。

如今，我的外孙女，志存高远，正迈开坚实步伐，昂首挺胸，在漫漫的人生道路上，向着美好的未来砥砺奋进，阔步向前！

2020年2月29日

---

① "正月宁音"是丹宁微信公众号，意为遵从自己的内心而发声。

② "拔乎萃"出自《孟子·公孙丑章句上·第二节》："出于其类，拔乎其萃。"

③ "鲲鹏展翅"出自《逍遥游》："北冥有鱼，其名为鲲。鲲之大，不知其几千里也。化而为鸟，其名为鹏。鹏之背，不知其几千里也，怒而飞，其翼若垂天之云。"

一份特殊的生日礼物

　　眼看我的七十岁生日就要到啦，为此全家人都动开了心思，计划千般。儿子说："办一个庆典，让亲戚朋友都来赴宴，好好热闹一番！"女婿说："让二老上飞机、乘高铁、坐豪船，全国各地著名景点都游遍！"在华东政法大学正读研的外孙女的主意更新鲜："当年姥爷姥娘的婚礼太简单穷酸，咱们给他俩补办个新潮婚礼，以弥补终生遗憾。"两个孙子也争先恐后，抢着发言："给爷爷做个大蛋糕，又香又甜，还要献上一支歌，祝爷爷福如东海寿比南山，再点上蜡烛让爷爷许个愿！"围绕这个主题个个七嘴八舌，一招一招好新鲜。

　　此时的我，心潮难平思绪万千。我这辈子吃遍了苦辣涩酸，经过了多少风风雨雨，迈过了多少坎坎坷坷，受过了多少人生的磨炼。如今，我从乡下搬进了城里，住在了风景优美的荆河之畔，呼吸着新鲜空气，欣赏着迷人的景观，眼前有双孙绕膝，身边有儿女陪伴，腰里有钱，终日饱暖，无忧无虑，身体健康，幸福美满。我说："什么祝寿不祝寿，如今人过七十不稀罕，还是低调处理好，莫要摆排场、讲体面！"

　　这期间唯有大女儿没吭声，其实她成竹在胸，早有打算，最后一个发言："我有一招更新鲜，备的寿礼不一般。我要把老爹写的那些诗文编成册，交给出版社出版，所有事情我包揽！"

　　这究竟怎么一回事？原来，闺女看我进了城，目睹了时代的大变迁，一天到晚笑开颜。抚今追昔，常常借景抒情于笔端。在枣庄、滕州报纸杂志发表诗文许多篇，其中有的作品还荣获金奖，有的还在"学习强国"学习平台上被广泛传阅，得到了读者好评和喜欢。于是她心中盘算，把我整理的一些诗文印刷出版，要留下永远的纪念，让子孙们从中受教益，让家族的精神文化遗产得以世代承传。女儿的主意一拿出，全家人都拍手称赞。

　　于是，女儿就在百忙之中挤出时间，又是帮我整理收集资料，又是修改校对稿件，又是搜集选取有关图片，还要联系出版社，真是忙得连轴转。我看在眼里甜在心间，哪料想我这辈子还能出书，给社会家庭做点贡献，还能给子孙后代留点文化遗产。

　　就在这一天，人静夜阑，繁星闪闪。我躺在床上，辗转反侧，难以入眠，终于迷迷糊糊进入了梦乡。在甜蜜之中，我遇见了这样一个场景：我头戴生日标志帽，一身新打扮，精神焕发，红光满面，正置身于一座豪华酒店。我坐在大大的圆桌前，身边还有许多亲友陪伴，正在享受着一顿最丰盛的寿宴。只见自动大转桌上美味珍馐盘盘摆满，诱人垂涎，茶香袅袅，氤氲缭绕。大厅里欢声笑语连成一片，热闹非凡，一声声祝福不绝于耳，一杯杯美酒敬到我的面前。此时的我简直飘飘欲仙，眯起了双眼，情不自禁，竟然有失常态，摇头晃脑，抑扬顿挫，背诵起了《醉翁亭记》中那脍炙人口的精彩名段："宴酣之乐，非丝非竹，射者中，弈者胜，觥筹交错，起坐而喧哗者，众宾欢也。苍颜白发，颓然乎其间者，太守醉也……"这真是：酒店误当醉翁亭，自比太守意朦胧。宴酣之乐享不尽，一场美梦笑中醒。

　　此时此刻，我的眼前好像浮现出这样一个情景：一摞摞新书，装订得那么漂亮，散发出醉人的墨香，随即，那书又自动翻开，一行行一页页清晰的铅字，好像从书上跳出来一般……

　　哦——这不正是女儿要送给我的那份最特殊的生日礼物吗？顷刻间泪水模糊了我的双眼！

2021年3月

我家三代与报纸的情缘

说起这段与报纸的情缘，还得追溯到20世纪。那是1971年1月，当时，我刚从滕县三中高中毕业回乡务农，就被大队选派到大坞小学当民办教师，代五年级二班的语文老师兼班主任。

一进办公室，我就被一种浓厚的读报气氛所包围，特别是有的语文老师，如公办老教师杨乃丰等，每年都订阅各种报刊，在茶余饭后、工作之暇，见缝插针读书看报，我也深受其影响。

那时的民办老师只拿工分，国家补助费微乎其微。记得我第一次领到钱，心里就开始盘算：我也要订一份属于自己的报纸，自己阅览方便。于是我毅然决然，拿出每月一半的补助费——一元钱，订了一个月的报纸。这份报纸，是杨乃丰老师热心推荐，说不要与别人的定重，以便相互交换着看尽量扩展报纸阅读面。于是我跑到邮局里边，订了一份《解放日报》。从此，我和报纸朝夕相伴，从中受益匪浅。

岁月匆匆，光阴似箭，转眼之间，我离开了教育战线，退休在家度晚年，饱食终日，无所事事，寂寞清闲。又过了几年，在女儿的帮助下，我离开了家园，搬进了城里，住在了荆河之畔。乍进城里，倒感新鲜，可过了段时间，又觉空虚茫然。夜深人静，常难入眠，辗转反侧，又把老家想念，多少次做梦，又回到了当年，在办公室读书看报，伴灯备课，批改阅卷。

对此，女儿看在眼里，记在心间。有一天，她告诉我："您的生日正好在年底，我以后每年都要送给您一份特殊的礼物——《滕州日报》。"当时的我，真是喜上眉梢，幸福无限，心中不禁感叹：到底还是父亲的贴心小棉袄，让我每天能享受一道精神上的美餐。

从此之后，我与《滕州日报》结下了无比深厚的情缘，它让我的老年生活更加充实，心情更加舒坦。每天，我坐着儿子买的逍遥椅，戴上一副老花镜，双手捧着《滕州日报》，贪婪地闻着报纸的阵阵墨香，细细地品着杯中的佳茗，充分地沐浴着落地窗透进的灿烂阳光，尽情地呼吸着从楼外飘来的百花芬芳，幸福地沉浸在静心读报的惬意之中，一切浮躁、寂寞、空虚、无聊都荡然无存，真感到其乐无穷尽，不是神仙胜似神仙。

而更让我享受的是：我跟前的两个孙子，一个正在小学上学，一个正在幼儿园上小班，兄弟俩见我如此爱看报，都争着抢着给爷爷取报送报，时时刻刻记在心间。一次，大孙子终于找到了机会，抢先从楼下报箱取来报纸，得意地送到我的手中。不料被二孙子发现，他竟然大哭大闹，不依不饶，无奈我只得把报纸偷偷送回原处，让他奶奶领着下楼再取，这才妥善解决了这兄弟俩的矛盾，小孙子破涕为笑，更显天真烂漫。

有意思的是：二孙子曾在牙牙学语时，有一次竟躺在逍遥椅上，叉开双腿，手捧报纸，戴上眼镜，摇头晃脑，念念有词，抑扬顿挫："鹅，鹅，鹅，曲项向天歌，白毛浮绿水，红讲（掌）拨清波……"由于他还咬字不清，竟把"掌"念成了"讲"，逗得全家人大笑不止。这真是：幼孙绕膝趣无穷，天伦之乐尽情享。报纸情缘得延续，幸福美满笑声荡。

让我感到骄傲的是：我的两个外孙女，一个是华东政法大学的研究生，一个是滨州医学院的在校生，她们对《滕州日报》更情有独钟，不光是报纸的忠实读者，也是积极热情的投稿人。尤其是大外孙女魏丹宁，这个当年的"滕州市小文豪"，在初中、高中、大学时期就受到报社编辑的

青睐，其美文佳篇常见诸报端。每当我看到她的名字在报上出现时，当外公的我，心中总充满了自豪，而且羡慕不已，分外眼馋，跃跃欲试手发痒，也想在《滕州日报》上露露脸。

于是，在以后的每天，我学习老牛争朝夕，不等扬鞭自奋蹄，更加认真来看报，努力学习多充电，拜师交友勤补拙，取长补短找经验。终于在女儿的帮助下，我鼓足勇气，忐忑地向《滕州日报》投出了第一篇拙作。真感谢编辑对我的认可，让我的美梦得以实现！我喜出望外几欲狂，倍觉心中胜蜜甜。从此我更加迷上了《滕州日报》，如痴如狂笔不闲。一篇篇文章变铅字，我心花怒放尽开颜。特别是当我的一篇《一碗羊肉汤的记忆》上报后，又被推送至"学习强国"学习平台上公开发表，我真是激动万分，骄傲自豪。女儿见我容光焕发精神抖，朝气蓬勃体更健，更是在百忙之中挤时间，帮我打字敲键盘，并要助我出书将梦圆。

值得一提的是：自从与《滕州日报》结下不解之缘后，我的参赛作品《新农村即景》竟然在"讲述身边环保故事——'中联杯'美丽滕州·我是行动者生态环保主题作品大赛"活动中，荣获了"文学类优秀奖"。捧着鲜艳的证书，紧攥着报社发的奖金，我喜出望外，激动不已，心想我要先和孙子一块儿分享。于是，我转手就把奖金给了俩孙子，并发布了爷爷的颁奖词："小'报倌儿'，有功劳，不误爷爷常看报。特发此奖以鼓励，百尺竿头步步高！"双孙双手接过奖金，又是蹦又是跳，异口同声道："等俺长大挣了钱，先给爷爷订份报！"此时此刻，阵阵欢声笑语从窗口飞出了天外……

愿我的全家与《滕州日报》之缘日益加深并永远得以续延！

2021年12月

追昔篇

我与五楼三厅

　　我一口气读完裕道兄充满乡愁的力作——《五楼三厅补遗》，心情十分激动，他对故乡大坞五楼三厅的深情回忆与追述，引起了我感情上强烈的共鸣。我不由想起五十年前我与五楼三厅之间的一些事。

　　1971年1月，我高中毕业回乡务农。正好学校师资紧缺，我被大队党支部选中，成了一名民办教师。校址就设在大坞张家大院。这是我从小上学的地方，故地重返，心情激动。置身这个百年深宅大院，我首先想起了这里远近闻名的五楼，可惜只能看见大坞粮管所内一座两层高的老楼，而其他四座早已不复存在。在惋惜之中，我走进了三厅院，所幸三厅尚保存完好。首先映入眼帘的是生长在堂厅门左侧、东厅门右边的一棵古树——迎客松。据说此树有百多年历史，胸径粗约五十厘米，高七米有余。它在院中傲然挺立，倔强苍劲，枝繁叶茂，旁逸斜出，郁郁葱葱，生机勃勃，好像正代表热情好客的主人欢迎客人的来访，这不禁让人心情愉悦，精神振奋，敬畏之心油然而生。

　　在劲松的掩映衬托下，三厅青砖黛瓦更显得古朴庄重威严典雅。特别是那三间大堂厅，在高高的三级石阶之上巍然而立，坐北朝南，愈显高大敞亮、威风凛凛。那气势不凡的前廊，那精雕细刻的隔扇，那光滑平整的

青石，那分外鲜明的古建筑风格，更让人感到魅力无穷。东、南两厅较之于堂厅明显降低了两个台阶。三厅布局合理，设计精巧，充分显示了建造者的聪明才智，令人惊叹不已！

教师办公室就设在堂厅，可供近二十个人办公。我的办公桌安放在堂厅西间的朝阳之处，透过窗户玻璃就可以看到外面美丽的画面。东厅三间为教导处（后改作教室），厅内南端有一暗间密室，里边光线昏暗。南厅三间为教室，每天太阳刚升起，南厅里就响起了学生高唱《东方红》的歌声……

就这样，我每天早起晚睡，披星戴月，忙忙碌碌，来回奔走于办公室和教室之间。曾经有多少个夜晚，我坐在办公桌前，在昏暗的煤油灯下，认真批改作业、编写教案；有多少个星期天，我牺牲个人休息时间，加班加点，无悔无怨。曾经，我还在南厅里手执教鞭，给初中补习生上课，那正是恢复高考制度后的第二年春天；曾经，我还在东厅北间把风琴来练，给唱歌的学生伴奏，指导学生排演节目，以迎六一、庆元旦；曾经，我还在三厅前组织过班级体育队，鼓励同学们学习中国女排精神，为振兴中华而刻苦锻炼……

20世纪80年代初期，三厅这个宝贵的历史文化遗产竟然遭到了人为破坏。当时，村里由于缺乏对历史文化遗产保护的观念，只考虑统一规划，发展教育，扩建校园。结果顾此失彼，决定先把堂厅拆除，然后再拆南厅。于是有一天，只见一班人马爬到堂厅上面，把屋面的瓦一片片揭下，把梁椽檩条一根根拿掉，把砖石一块块起完，把里边的土坯砸烂，当作庄稼肥料一车车送到生产队田间。至于那精美的石鼓和窗扇，也不翼而飞，只剩下破瓦烂砖，狼藉一片。紧接着那些人又扬起镢锨钢钎继续作战，拆屋现场杂声交织尘烟弥漫，仅用一天时间，就把南厅拆完，只剩下南面一段断壁残垣。

至此，大坞的五楼三厅只剩下了东厅三间，在风雨之中摇摇欲坠，形影相怜，时刻面临倒塌危险。只有那棵苍松，傲然挺立，无所畏惧，岁老弥坚。

又过去了几年，随着学校搬迁，大院从此闲置，里边到处杂乱不堪。眼看此地拍卖易主，大势所趋，东厅的"灭顶之灾"再也无法避免：东厅，拆！古树，砍！于是，就在1994年的一个霜天，一伙人携带着工具，来到了古树下东厅前，当时我就在这伙人中间。我们说干就干，勇敢地爬上东厅脊巅，七手八脚，先把东厅屋顶掀翻，再把墙体拆烂，就连东厅南头的套间，也不留半点。然后，再把东厅前的那棵古树锯拉斧砍连根刨断。我眼看着那青松轰然倒在面前，心中不禁一颤。此时的我五味杂陈，心中有一种负罪之感！

五楼二厅最后的一厅，就这样不复存在！我，作为这段历史的亲历者和见证人，与三厅建立了深厚的情感，结下了不解之缘。一想起这些往事，心中便涌起层层波澜。特别是那些长期在外的游子们，看到曾让人魂牵梦萦的五楼三厅竟落如此结局，怎能不顿足捶胸徒自怅然？作为张氏的后人，我们真是愧对祖先！可历史的遗憾再也无法弥补，已成的事实再也无法改变。我们要永远铭记这段过往历史，吸取教训，好好保护现存的历史文化遗产，并让它们得到更永久地传承和续延，以告慰我们的前辈祖先！

这正是：历史一去不复返，五楼三厅难再现。世事难测孰能料，留得遗憾心常念。

2021年3月

忆打墙

　　前几天，我回老家，又一次看到了邻家的三间老屋。那老屋，土墙、起脊、老式门窗，屋面已塌，露出了梁头和屋椽，屋墙皮经风历雨已全部脱落，墙体明显凹了进去。这老屋与周围一排排高大、宽敞明亮、洋气十足的别墅形成了鲜明对比，折射出时代的沧桑巨变。见此情景，我不由想起了我家原来的那口老屋，特别是当年我家用土打墙建草房的场景，一幕一幕又重新在脑海中显现，挥之而不去。

　　那是20世纪60年代末，大哥已婚，我刚三中初中毕业回乡务农，兄弟尚小。父亲看到我家的住房日趋紧张，正好路边有块空地，那是我家的老场。于是，父亲就决定在那里盖口草房。

　　计划已定，父亲就立即付诸实施。第一步是先打地基。父亲用干石灰面撒好线，找来一班人，七手八脚锨剜镢刨出好了地基，又找来木夯，一层一层、一遍一遍夯实砸硬。两天工夫，胜利完工。接着父亲买来几排车北山上的石头，测量一番后，扯好线，先安好四块角子石，再顺线摆上一层石头，下一步开始打墙。

　　父亲见这片空场地势较高，决定不再往家拉土，来个就地取材，说这样省工省时又省钱。于是，他找来一套打墙工具，又请来一帮邻居，摆开阵势，便开始打墙。

可别小看打土墙这活儿，那可是整个盖屋过程中的重场戏之一，其中的讲究甚多。首先要求土要好，砂礓土不行，黑黏土不行，唯有金黄土最佳，因为此土不散不粘，打出墙来结实。再者是打墙的土要不干不湿，以用手一攥成团而不散为宜，否则墙就打不结实。

打墙这活的工序相当复杂，要有先有后。第一步：先把"墙师"垂直安好摆正。所谓"墙师"，就是指打墙时两头用来挡土的堵板，此板高约一百八十厘米，宽约四十厘米，厚约五厘米。在安放墙师时，只见一名在行的人先取一截线绳儿，线绳末端拴块砖头头或小石块，让它自然下垂，再眯上一只眼对着墙师仔细照量，看墙师安放得是否垂直，确定没误差，就让人把墙师底部垫平垫稳固定好。然后在墙师的顶部压一根长的木棍，再用一块较沉的石块坠上，以起到加固作用。

下一步，就是接着摆放两块硬质木板。此板厚五厘米左右，高二十八厘米左右，长四米左右，没有严格标准，可长可短，一套总共有四块，每两块一组。开始时先把两块木板分别卡在墙师的里外两边，头段（滕州方言称为"堵"）墙两头各需用一个墙师，第二段用一个即可，那头夹在已打成的第一段墙上。在摆放内外两墙板的同时，还要把若干根一头粗一头细的苘绳在木板的上下两两斜交叉呈"X"形，两绳的首尾相系缠，这样做，是避免两墙板中间段因被土撑宽而导致墙体变形。

然后开始上土。待将土上满板，由一人上去把松土踩实后，再用铁杵（即像牛心状的铁疙瘩，约有五公斤，其上安有"丁"字形杵把）这一打墙工具。这时见持杵人先用双手高高端起杵把，再狠狠用力楔下去，一杵接一杵，均匀而整齐地排列，墙土上楔下了许多光滑的深深的尖坑坑，据说此方法是百工之祖鲁班发明，这样不光是为了增加墙土的密实度，还能将有凹有凸的上板、下板的土紧密咬合在一起，使墙浑然一体，古人真聪明啊！不过要提醒的是，这活技术性强，只有在行之人才能掌握它。不

然，若用生手上去瞎胡杵，砸坏砸歪木板不要紧，万一那带尖的铁疙瘩砸在脚上，后果将不堪设想。

接下来，便有好几个人摸起另一种工具——木榔头，把木榔头高高举起，对准墙上杵坑间的凸起处用足力气狠狠地砸下去，直到把墙板中的土砸得硬邦邦的，手臂感到震麻方肯罢手。头板墙打完，捏住引绳的疙瘩钮慢慢抽出，再用上述同样之法，接着来第二板、第三板。随着墙的增高，使榔头的还要站在凳子上方的架子上使劲儿，这样一直把墙打到一人多高，这一段墙才算打完。

最后还有一道重要工序，即给墙收光。这时，只见一个人手持一面剔亮铮明的专用厚平铁铲，先把墙面大体抢平，然后挥动铁铲使劲狠狠地拍打墙面，一下一下又一下拍得啪啪作响，声音好脆。如遇印绳的窟窿眼儿，就抓把细土抹上去再用铲子拍平，这样一铲接一铲，直拍得墙面又平又滑，甚至发出光亮。这道工序也同样关键，如果是高手，拍得墙面真的滴水渗不进，甚至干透后遇水泡上几天都不怕。此时此刻，打墙的人"八仙过海各显其能"，同心协力密切合作，干得热火朝天满头大汗，有的竟然赤膊上阵愈干愈欢。再听那拍打墙皮的"啪啪"声、木榔头的楔砸声，还有那干活的说笑声交织在一起，汇成一支动人的筑墙交响曲，其火热场面真让人深受感染。

打完一段墙，紧接第二段，这时还有一个细节：即在起先已打好的墙的侧面上从上向下挖一道燕尾形的凹槽，明眼人一看便知，这样做能让两段墙紧密咬合，以后不至于出现裂缝，真可谓巧妙之至。另外，在打完一堵墙后，还要在墙顶上培个尖顶，这大概是为了完整美观，还有防雨淋的作用。当然，所打之墙，这还不够高度，以后还要和泥、挑墙、接墙，然后再把墙顶好生保护以防雨淋，等墙干透方可盖屋。

打墙是个体力活，也是一项集体劳动项目。不管是哪家打墙，都得需要乡亲们帮忙，东邻西舍也都乐意伸出援助之手，做到有求必应，义不容辞。即使自家有活，也得先撂一边，去别人家先干。这时，受助者一定会心存感激，热情招待，竭尽诚意，把家中最好的饭菜都拿出来，让乡亲们吃好喝好。但在那个年代，顶多也不过弄几个家常菜，再用地瓜干换几斤散酒，此酒时称"八毛辣"，再用平时舍不得吃的小麦换来白馍馍，或者用专门磨出的面粉烙一大摞单饼，几毛钱一盒的普滕牌或荆桥牌香烟来上几盒，这就算当时最高的招待标准。主人家的热情大方，反而让来帮忙的人过意不去，因此干活格外卖力，比干自家的还要上心。

经过一番忙活，打墙工作顺利完成，但这只是完成个开始，许多麻烦活还要紧跟上，诸如脱坯挑墙、稳椽架梁、立门安窗、登笆散草、和泥泥墙等，真是多种多样，可谓辛苦至极。

对于当年打墙，我至今还留有极深印象，一直难忘那火热的场景，难忘那善良的乡亲，难忘那淳朴的民风！

教坛往事

一年一度秋风劲，教师佳节又来临。恰逢今年乃是新中国成立七十周年。我，作为一个与新中国同龄的人，又是一名教育工作者，不禁感到无比的骄傲与自豪。

今天，我想与大家讲讲，半个世纪前的一段令我终生难忘的教坛往事……

1970年霜降后的一个中午，小雨淅淅沥沥下个不停。一群人冒雨来到大坞公社高潮大队队部向领导反映：家里的孩子都已到了上学年龄，可一直不见招生的动静，心中着急万分！

群众的要求刻不容缓。在大队的全力支持下，回乡知青张兆珍就毅然决然地挑起了大梁，他走门串户调查统计，组织报名、登记造册，终于把全大队所有的适龄儿童召集了起来。当时，张家祠堂有几口空闲的老房子，正好可用来当教室。教室又窄又暗又潮湿。没有课桌，就因陋就简，垒坯台、放木板。木板不够，就用扒出的墓石代替；没有黑板，就用石灰膏、水泥代替，或者用木板拼作一块，再刷上墨汁。一切准备就绪，只等新生进校。

终于迎来了开学第一天，孩子们自带各式各样的小板凳，高高兴兴来上学。一百二十多个新生就挤在4间狭小的教室里上课。对当时的场景，后来有人曾用一句顺口溜这样形容过:"黑屋子,土台子,里边挤满泥孩子。冬天双手皲口子,夏天全身起痱子,写字磨烂衣袖子。"当年学校办学条件之差及学生学习生活的艰苦可窥见一斑。

在学校创办之初,老师们个个都经受了艰难困苦的考验。每人每月只有两元钱的补助,全靠挣工分维持生计。尽管如此,老师们还是起早贪黑,不辞劳苦地工作,无怨无悔。当时六位老师挤在一间办公室,只有四套旧桌椅,匀着用。老师们白天上课累了,就轮着坐在椅子上歇歇,渴了就喝杯自备的开水润润干得几乎冒烟的嗓子。晚上还要加班加点,备课批改,还要抽空家访,真是一天到晚全身心扑在工作上。

冬去春来,转眼一年。大坝小学高潮分校就在家祠安营扎寨,办学规模扩至八个班,在校生二百六十多人,教师十六名。同时,上级领导还专派了一位工作能力强、业务水平高的公办老师任教导主任抓业务。老师们齐心协力,使学校办得红红火火,工作做得有声有色。

从此之后,张家家祠内变得热闹起来。每天,随着清脆悦耳的铃声,学生争先恐后地进入课堂。紧接着琅琅的书声此起彼伏、不绝于耳,打破了多少年来的宁静和沉寂,让古老的家祠又焕发了青春;每天,都从这里飞出孩子们一串串欢声笑语,传出"东方红,太阳升……""我爱北京天安门……"那充满稚气的动人歌声,让古老的家祠又充满了活力。孩子们是那样的天真烂漫、活泼可爱,他们在老师的辛勤培育和精心呵护下茁壮成长。家长们看在眼里喜在心中。

历史巨钟的时针又指向了1975年4月。在一个春光明媚的日子,又一个新型学校——高潮农业中学也在张家家祠诞生。那是当年由大队创办的一所农业高中,学生在校上课半天,下地劳动半天,记半天工分,劳动基地在大队果园。在高潮农业中学,老师们忘我地工作,一边精心教学,一边带领学生劳动。之后又带着学生从家祠里走出来,在老北林自己动手建校,勤工俭学,努力提高办学质量。在短暂的三年多时间里,师生共同演

奏了一支支动人的青春交响曲，谱写了高考制度恢复后的新篇章，真是："师生携手跃龙门，天之骄子登金榜。一花引来百花开，农中群星放光彩。"从而创下了本地有目共睹的教育奇迹，留下了家乡人民口口相传的一段佳话。

1980年，大地回春。在大坞家祠创办的高潮分校在历经十个春夏秋冬之后，告别了张氏家祠，迁到了大队知青院。如今，虽然半个世纪已经过去，但当年那琅琅的书声仿佛还在大坞张氏家祠上空久久地回荡……

忆往日，岁月峥嵘，今非昔比；看今朝，心潮澎湃，感慨万千。我殷切地期望今天的少年，一定要百倍珍惜自己的大好年华，为振兴中华发奋攻读，争取优异的成绩，交出最满意的答卷，将来成为祖国的栋梁。

我坚信，在中国特色社会主义新时代，教育这块百花园，一定会迎来硕果累累、满园飘香的金色秋天。

2019年9月10日

一碗羊肉汤的记忆

一提起喝羊汤，我就想起了一句顺口溜："滕州羊汤天下传，肉嫩汤香美又鲜，入伏冬至喝一顿，强身健魄又解馋。"眼下，又到三九严寒之日，喝羊汤又成了滕州人常谈到的话题。此时此刻，在时光的经卷里刻录着的有关喝羊汤的事又跳在了我的眼前，让我再一次回味了其中的酸辣苦甜……

我从小就馋羊汤，对它简直朝思暮想。我清楚地记得在小时候，大坞每逢物资交流大会，十里八乡的人都聚集到这里来赶会，棋盘大街上到处人头攒动、熙熙攘攘，叫卖之声此起彼伏，热闹非凡。记得有一年阴历十月十一日那天，正逢大坞古会。就在离我家门口的不远处，有人支了一个羊汤锅，生意做得很红火。但见大锅前有一人正低头烧锅，身后一大堆柴火，锅灶中火苗正旺，呼呼作响。汤锅中乳白色的老汤正上下翻滚，热气腾腾，香飘四溢。锅台旁有一个人腰围短裙戴着套袖，专管掌勺、兑料、添水、切肉、抓碗、盛汤，忙得不可开交，嘴里还大声吆喝："羊汤羊汤，又美又鲜，一毛五一碗喽！"最后一个字的腔调被拖得很长。

此时的我，禁不住羊汤的诱惑，竟不由自主地向前一步一步地靠去，嘴里不住地咽着口水，眼巴巴地看着食客们又吃又喝。这时，只听一个熟

悉的声音正呼唤我的乳名，转身一看，原来是我的母亲。我极不情愿地回
到家中，看着饭桌上母亲给我盛的地瓜粥，我开口问道："娘，你说羊汤
香吗？"娘分明听出我的意思，答道："羊汤再香，也没有那闲钱买啊，
孩子，你是馋了吧？"话音未落，母亲就一把搂着我，泪水顺着她的双颊
流了下来，她也是多么想给自己的孩子盛碗解解馋啊。我见母亲如此伤
心，回答道："娘，我不馋，我不要羊汤。"这时，随风又飘来羊汤的浓
香，传来那诱人的吣喝之声，我又不由自主地咽下一口水。

之后，我逢会再没靠近过羊汤锅，更没向父母提过一次喝羊汤，直
到1968年。那年我正好初中毕业，刚满十七岁。当时，我作为一名回乡青
年，怀揣着一颗红心，立志扎根农村，在广阔天地锻炼成长，当一辈子社
会主义新农民。

当时我们生产小队正好有一个运输队，我有幸成了一名运输队员。
这个角色说白了就是一个拉地排车的。那时农村生产条件十分落后，生产
队里除了有辆牛车之外，用的运输工具都是地排车。每逢三秋三夏，生产
队拉庄稼、运肥、送公粮等活全由运输队包揽。除此之外，运输队还负责
给峄庄供销社拉货送货，所得的运费绝大部分归为集体，队里给化工分，
只有极少部分的提成算作生活补助。就是在这小小的运输队里，尽管我刚
脱下学生装，但也不甘示弱。我和伙伴们一起，在数九隆冬，斗严寒、踏
冰冒雪；在炎炎盛夏，战酷暑、栉风沐雨，奔波在坎坷的乡间泥路上。为
了省下鞋钱，在夏秋之季，我还学别人赤脚打丫，拉着千斤重载，过河爬
坡，艰难前行，每天往返百余里，真是吃尽了苦头，经受了磨炼。终于练
就了一双铁脚板，成了一名合格的地排车夫。

在那段艰苦的岁月里，有一件事令我终生难忘，就是在拉脚的途中下
饭店喝羊汤。那时一碗羊汤两毛钱，肉不多，汤限量，每人盛满一碗，另
外给两张汤牌，凭牌可添加两碗汤。出力人，不为吃肉，只为借汤泡碗地
瓜面的干煎饼，来个狼吞虎咽，吃饱了好赶路。为了节省两毛钱，我只喝

头碗汤，省下另外两张汤牌，小心收好，待下回再用。一次，我又下饭店喝羊汤，本打算用上次省下的汤牌，可摸遍身上的口袋，不见了踪影。丢失了两张汤牌，我心疼不已，无奈只好又花了两毛钱，买了一碗羊肉汤。

后来，有了私人羊汤馆。有一次拉化肥，我们路过鲁寨，见路边有一个羊汤馆，于是进去吃饭。此馆最大的优惠是：只要碗里还有肉，羊汤随便添。于是，我就放开了肚皮，有意在碗里留了两片肉作为汤引子，喝了一碗又一碗，直喝得老板傻了眼，但又不好明阻拦，他也怕人说："既然开店就不怕大肚汉。"于是，他动了点心机，故意在汤中多放了盐，本来我还想再喝碗，齁得我无法再下咽，这才离开羊汤馆。

光阴荏苒，转瞬六十年。我退休在家度晚年，喝羊汤再也不是什么稀罕事，且不说入伏、入九、过大年，就是在平时，儿女们隔三岔五总往家中把羊汤端，那汤，色如乳汁般；那肉，又嫩还又烂；那味，纯正真美鲜。尽管贵了点，但谁都有喝羊汤的钱。有时甚至看着肥汤嫩肉愁眉不得展，唯恐吃多了撑出毛病不划算。光想喝碗稀糊涂，吃上一顿芋头尖（以前常用来充饥的地瓜秧最前端一小段嫩梗鲜芽叶）。

这真是：一碗羊汤故事多，折射时代沧桑变。芝麻开花节节高，百姓生活比蜜甜。

（本文于2019年12月26日被推送至"学习强国"学习平台中的"山东学习平台"，有改动）

难忘曾经辉煌的岁月

人生在历史的长河中只是一个短暂的瞬间，但总能给人留下永远难忘的一段经历。穿过时光的隧道，打开记忆的闸门，四十年前在大坞高潮大队农业中学的一些往事，至今仍历历在目、记忆犹新。

师生携手跃龙门

1977年恢复全国高考制度的消息传遍大江南北、长城内外，祖国大地一片欢腾，成千上万个有理想、有抱负、有才华的青年都争先恐后地参加了全国高考。就在全国高考制度恢复的第二年8月，那是一个阳光灿烂、天高云淡、硕果飘香的日子，一条爆炸性的新闻在我们当地迅速传播开来，一时间家喻户晓，人人皆知。

究竟什么事居然能引起当地这么大的反响，其惊动面之大、影响力之强前所未有？原来，在当时的高潮农中，从角逐激烈的高考战场上，同时升起了两颗熠熠闪光的新星，其中一个是年仅十七岁的张杰同学，他以优异的成绩一举考上了全国重点大学华东石油学院，被勘探系地球物理专业录取，成为大坞地区在全国恢复高考之后，第一个最年轻的本科大学生，也是当地十多年才出现的天之骄子。而当时全县只有八名同学上了本科分数线，真可谓凤毛麟角。这也难怪，要知道，当时刚刚恢复全国高考，成千上万个知识青年都摩拳擦掌、跃跃欲试，憋足了劲儿要一展身手，金榜题名。可国家选拔人才，如同沙里淘金、伯乐相马，谈何容易。可以想象，当时的高考如同千军万马过独木桥，非出类拔萃，休想考上大学，特别是全国名牌大学，而张杰同学就是突破重围从独木桥上冲出来的一匹黑马！

张杰同学荣登金榜，家乡的东邻西舍、亲戚朋友都纷纷登门，恭喜道贺。张杰的父母应接不暇、心花怒放。人们都禁不住打听张杰从哪个名校毕业，又是哪位名师所教，为学校扬了名、添了光，给父母争了气、长了脸，一时间又成了一个热点话题。

其实当时的高潮农中，是一个名不见经传的新型学校，时称"吕坡式"农中。为创建这所学校，大队党支部曾三选校址、两次搬迁。第一次选在张氏家祠的"大学房"，第二次选在大队果园，第三次才最后选定张氏老林。此地处高岗之上，新建的学校，北临凫山山脉，南临滕济通途，东靠滕西名校——滕县三中，西傍烟波浩渺的微山湖。一排崭新的红墙红瓦红房子，绿树掩映，景色宜人。在大队党支部的大力支持下，农中的全体师生心往一处想，劲儿往一处使，一边上课、一边劳动，用勤劳的双手，开荒造地，才建起了这所新型学校。而张杰同学就是从这样的学校走出来的一个普普通通的学生。他完全不是什么神童，而是在老师和同学们心目中德智体全面发展的好学生。他在校边学习、边劳动，以惊人的毅力和恒心，以顽强的拼搏精神，以超出常人几倍、几十倍的努力，才得以高考中榜。这正是：宝剑锋自磨砺出，梅花香自苦寒来。功夫不负有心人，真金总会放异彩。

就在人们的纷纷议论时，一个新的疑团又接踵而来。俗话说"名师出高徒""强将手下无弱兵"。难道高潮农中真有名师强将，才带出高徒领出精兵？

的确，虽然当时高潮农中规模小且新建，只有一个班，学生三十多人。老师也是拿工分的民办教师，但确实非同一般。其中三位是"老三届"，都是回乡知识青年，而另外一位老师才真是名副其实的名师和强

将，他就是最年轻有为的张国梁老师。他数理化语文等各门学科无所不精，其业务能力真是响当当、硬邦邦。他也和张杰一样，在同一年、同一天参加了高考，又以突出的成绩一举突破了大学本科分数线，拿到了山东师范学院中文系的入学通知书。大队党支部书记兼校长张兆乾得知，竖起大拇指高兴地称赞道："高潮农中双喜临门，学生了不起，老师更不简单。"喜讯传到农中，全体师生欢欣鼓舞，全场沸腾。几个大个子男生甚至把自己的老师架起来抛向空中，群情激动的场面，无法形容。

之后的事实证明，民办老师出身的张国梁，不忘初衷，业绩卓著，在工作岗位上踏实肯干，后扶摇直上成了山东省外事办主要领导，在外事工作中做出了突出贡献。他还利用工作之余，勤于笔耕，著书立说，作诗撰文，颇具影响，成为家乡人民的骄傲。

星光璀璨辉交映

再回首那难忘的岁月，就在高潮农中师生携手跃龙门，双方共同上大学之后，学校从此声名鹊起，全体师生扬眉吐气。

人说双喜临门不常见，更有大喜在后边。区区一所小农中，竟一连出了三颗新星，颗颗竞相放光明。这第三颗新星就是张波。他通过刻苦学习，以优异的成绩被滕县一中录取，在高中毕业后又考上了大学，攻读了研究生，之后又取得了博士学位，成了新时代的精英，现正在南京某大学任教授并担任大学校长。真乃后生可畏，令人感叹。值得一提的是，该同学虽学识渊博，但十分谦虚谨慎，素养很高，即使对自己的一日之师也敬重有加，心存感激，不忘师恩，实在难能可贵，令老师们为之动容。

同时，高潮农中还出了个人才，叫张光庆。他也曾在高潮农中读过书。此同学在校也表现不凡，才高出众。后又考上了大学，获得了本科文凭，现为中央农业广播电视学校枣庄市分校原副校长。为农中又增了光、添了彩、传了名、扬了声。

星光璀璨辉交映，农中还走出了多名中专生，如张光友，当年农中毕业又考入师范，后进修本科，现为中学高级教师；张玉春，商业学校毕业后继续深造，又获大专文凭；还有张淑文、姬中普等。当然，还有一些虽未考上中专、大学的学生，以后也在不同的岗位上发光发热，他们或从军，或提干，或转业，或做工，或经商，或务农，或任村支书，或当村主任，我为他们骄傲，为他们自豪。看到学生都成才，老师心中乐开怀。

记忆永存藏心底

白驹过隙，光阴似箭。四十年已过，一去不返。当年的高潮农中仅存了三年多时间，于1978年冬，根据当时教育改革形势的发展和需要并至大坞联中，从而完成了它在特殊历史阶段的特殊使命，从此尘封在世人的记忆中。但是，它毕竟是历史的产物。现在，高潮农中的遗迹仍在，并且已成为那段历史的见证者。当年农中的师生们所倾情演奏的一支支青春交响曲似乎还在耳畔回响，他们精心排演的一幕幕有声有色的人生戏剧似乎近在眼前。高潮农中毕竟是曾在乡间田野上盛开的一朵小小的并散发出阵阵幽香的鲜花。它的创办，只是当年农村教改中一支短短的插曲，是时代潮流中溅起的一滴微小的水珠。尽管它的生命像流星一样瞬间消失，但是它却永远珍藏在我们的心底，让我们在对往事的深情回忆中时常得到一种美好的精神享受和心灵的安慰。

2018年4月

永存心底的记忆

——为滕州三中六十年校庆而作

我敬爱的母校——滕州三中，即将迎来六十周年华诞。作为一名从三中走出的普通学生，此时此刻我心潮澎湃，不由自主穿过时间隧道，开启记忆的闸门，走进那如诗如歌的难忘岁月……

五十年前，我和同窗好友贾万志及全班同学，怀着对美好未来的无限憧憬，怀着精忠报国的鸿鹄之志，共同踏入了这所神圣的知识殿堂，投进了梦寐以求的母校怀抱。

好难忘，昔日的校园美如画廊。春日，百花怒放，鸟语花香；夏天，欢歌笑语，书声琅琅；秋季，天高云淡，硕果累累；冬月，银装素裹，儒墨飘香。美丽校园的一草一木、一物一景，无时无刻不在陶冶着我们的情操，让我们在这里快乐成长。

更难忘，母校的老师个个都强。是他们，给我们传道授业解惑，把我们辛勤培养；是他们，指引我们在知识的海洋里汲取无穷的力量，给我们插上理想的翅膀。曾记得，在三中学生中广泛流传着这样的顺口溜："程老师的嘴儿，李老师的腿儿，杨老师讲课不看本儿，唐老师的语文课更有味儿，韦老师的物理真带劲儿……"这几句话分别说的是：程耀民老师的数学课风趣幽默、生动活泼，李炳鑫老师是一位体育运动健将，杨以勤老师的生物课精通教材讲课娴熟挥洒自如，唐朝莲老师知识渊博语文课上得有滋有味，韦吉坤老师的物理课深受学生的欢迎。

最难忘，母校的老师心灵最美。他们不愧为人类灵魂的工程师，无时无刻不在潜移默化中塑造学生的纯洁心灵，影响着学生的一言一行。请让我讲一件也许微不足道的小事，当时我是一名刚入学的初中新生，经济困难，连理发钱都没有。课间遇到一位陌生的老师帮我洗头理发，后来知道他是刘长山老师。现在，这位曾经给我洗头理发的老师，早已不在人世，但他的音容笑貌在我心中永远难忘。

感谢您，我的母校，您的恩情我将牢记心上。尽管我自己现在已年逾花甲，我还要把您的优良传统继续发扬。

祝福您，亲爱的母校，愿您青春永驻，更加辉煌！

2014年8月

善 为

三十八年前，我当时在大坞联中任民办教师。教过的学生中，有两个女生怀揣梦想，从外乡镇来求学。她俩一个叫张志敏，望庄人；一个人叫赵爱荣，级索人。两个人的家离校较远，必须住校，而学校房屋紧缺。面对此种情景，出于一名老师的责任感，我想，我家离校很近，尚有三间草房和两间瓦房，何不腾出间屋供她们住宿？可这必须同老伴商量，首先征得她同意。当老伴得知情况，毫不犹豫地答应道："怎么不能，人家求学不易，这个忙得帮！"

于是，老伴抽出时间把两间瓦房拾掇一番，腾出一间打扫干净并铺好床，还让我安上了电灯，又把窗户用纸糊上，然后把二人接到家中。从此，我的家中又多两口人。

那时，我家大女儿刚上一年级，二闺女才两岁。我正教着初中毕业班，根本无暇顾家。而家中上有多病的老母，下有顽皮的孩子，地里有庄稼，圈里有猪，院中有鸡，烧火做饭、收干晒湿、拆洗缝补等家务全由老伴一人包揽。现在很难想象，老伴面对繁重不堪的家务和生产劳动负担，竟显示出如此宽广的胸怀和超常的承受力，起早贪黑，像不知疲倦的陀螺，这更让人感到不可思议。

每天天蒙蒙亮，老伴就到外边一趟一趟地把水担来，灌满缸盆。当时连煤球都用不起，老伴只能在十分简陋的厨房里（其实是搭的棚子）用柴火烧一锅开水，然后灌满水瓶，再送进两名学生的屋里，真是开水、凉水保证天天二十四小时充足供应。每天放学后，两碗热乎乎的白面汤或玉米糊都准时送到她们跟前。有时老伴宁可自己少喝，也要匀给她们。偶尔改善生活，如包水饺、下面条、烧咸汤等，总是先给她们盛满碗送去。她常这样说："女孩家求学不易，学习用脑子，看她们光啃咸菜吃干煎饼心中不忍。平时做饭多添两碗水，多用一把面，多搭把柴，让她们跟咱喝碗稀糊滋润滋润，咱麻烦不多少，也吃不穷咱家。"她不仅这样说，更是这样做的。而且始终如一，就是对自己的家人，也不过如此。

为此，两人的父母感激不尽，但老伴总是不以为然，而且无怨无悔。

冬去春来，四季更迭。一年过去，这二人通过努力刻苦地学习，最终以优异的成绩考上了中专，一个上了山东纺织学校，一个上了枣庄师范。要知道，那时的中专，比如今的滕州一中都难考，中专录取完才轮到一中录取。之后她们走上了工作单位，还对老伴念念不忘，曾专程前来探望。而面对她们的千恩万谢，老伴竟不好意思地说："这点小事不值一提，那是应该的，谁还没有过难处。"老伴的话，是多么的质朴无华，却又那样真挚、发自内心。

这个几乎大字不识的妇女竟是这样通情达理、乐于助人、不图回报。对非亲非故者，做到了不是亲人，胜似亲人。她的善为，曾给人带来了感动，也带来了启迪。有道是：伟大出于平凡，感动在于真爱。帮助别人真是人生一大幸福。做一个好人，并不在于非要做出惊天动地的壮举，更重要的在于从点滴小事做起，从我做起。我老伴大概就是那种"赠人玫瑰，手留余香"之人。

2019年11月

古槐树下的回忆

　　深秋的一天，已近黄昏时分，我又一次来到了大坞张氏祠堂，第一眼又看见了那棵千年古槐。在夕阳的斜照下，它正头顶万道霞光，随着习习的秋风，伸展开繁枝茂叶，显露着饱满的果实，好像正微笑着向我招手致意。此时的院内，如盖的绿荫之下，浓烈扑鼻的桂花芳香，一阵阵向我袭来，真是直沁心脾，令人陶醉。

　　我置身于古槐树下，来自脑海深处的记忆，像荧屏上的画面，一幅接一幅，由远及近，由模糊到清晰，出现在眼前与耳畔。

　　我与古槐曾结下不解之缘。那是在20世纪70年代中期，我就在它对面的大学堂里，站在讲台上给农中的学生讲课。那时学生没有语文课本，有多少个朝朝暮暮，我曾带着学生们声情并茂地朗诵："北国风光，千里冰封，万里雪飘……"那大气磅礴的壮丽词句，欣赏过《卜算子·咏梅》那前无古人的经典杰作，讲解过《七律·长征》那惊心动魄的不朽诗篇。跟着诗词，我们师生共同攀登六盘山，重访黄洋界，畅游北戴河。

　　记得在一个风雪交加的夜晚，寒气逼人。我作为班主任，出于对学生的负责和关爱，来到他们的栖身之地。当我推开小屋的破门，眼前的场景，让我震惊，又令我感慨。只见这几位同学，正蜷缩着身子，裹着单薄的被子，在地铺上，在麦穰窝里，手捧着书本，伴着昏暗的油灯正用心苦读。屋里还充满着老咸菜的气味，一个同学正啃着干煎饼充饥。我晃了晃他们的热水瓶，空空如也。此时此刻，我真是心疼不已，鼻子发酸，不禁慨叹。眼前的这几位同学，不正是现代版"卧薪尝胆""囊萤映雪""悬梁刺股"的励志典型吗？这一动人场景，不正是全国莘莘学子发愤苦读的缩影吗？他们是多么质朴可爱又可赞的穷苦书生啊！他们志存高远，不畏艰苦，为的是祖国的明天，他们可是将来的国之栋梁，民族的希望！我真不忍心让他们受此委屈，于是，我赶紧回到家中，取来两瓶滚烫的热水，顶风冒雪送到他们跟前，好让他们在严寒之夜喝口热水，暖暖可能被冻坏的身体。

伫立于古槐树下，我又想起了国家恢复高考制度的第二年冬天，就是在这棵古树旁的一间小屋里，住着来大坞联中上补习班的寒门之子，他们是赵逢浩、杨位筠、杨列相、赵曰栋等八位同学。我不禁想起了宋代范成大的诗作："槐黄灯火困豪英，此去书窗得此生。学力根深方蒂固，功名水到自渠成。"这些学子们终于熬过了漫漫冬夜，迎来了万紫千红的春天。也许是古槐赐给了他们吉祥，是古槐赋予了他们无穷的动力，激励他们从树下出发，扬帆远航，顽强拼搏，终于以优异的成绩，携手并肩跃龙门，实现了他们梦寐以求的远大理想，一个个最终成了国家的栋梁。同时，还有一些当年参加过学习之后，事业有成的陈锡昌、刘书志、孙彦海、马辉、杨三龙、马玉军、姬忠祥等同学，他们无不给我留下了深刻的印象，有的至今还和我保持着密切联系。

孟子曰："故天将降大任于是人也，必先苦其心志，劳其筋骨，饿其体肤，空乏其身，行拂乱其所为，所以动心忍性，曾益其所不能。"这正是：梅花香自苦寒来，宝剑锋自磨砺出。不吃千般苦中苦，他日定难成鸿鹄。此时此刻，我情不自禁，转身面对千年古槐，轻声问道："古槐啊古槐，当年的情景，你可曾记得？"话音刚落，又一阵香风拂过我白霜浸染的发丝，我惊喜地看见：这位历经沧桑、饱经风霜的历史见证者，枝叶微微而动，仿佛向我频频点头……

2020年1月

麦收"战场"上的儿童团

杜鹃声声叫,麦收要来到。一听到这熟悉的声音,我就不禁想起20世纪六七十年代活跃在一个特殊"战场"上的儿童团。

那正是人民公社时期,每逢麦收季节,生产队的男女老少,像迎接一场大战役,全体动员一齐参战。那时提的一句最响亮的口号是:"打好三夏'战役',不获全胜不收兵!"沸腾的三夏"战场",真是人欢马叫,热闹非凡。

成年人是这样,少年儿童也不例外。那时,每到麦收季节,农村的小学全部停课,小学生也都披挂上阵,像小战士一样,冲上小麦抢收的"战场"。他们虽然不能像大人般"冲锋陷阵",奋战在最前线,可有项重要工作非小将们莫属,这就是进行小麦复收,保证颗粒归仓。

当时没有收割机,收麦全靠人力,因此麦收战斗异常激烈。那些凡能拿镰的劳动力(特别是妇女),都想借此机会展示个人的劳动技能,挥镰比武,看谁割得快又多。手艺好的大显神通遥遥领先,本事差的手忙脚乱奋力追赶。在她们身后落下一些麦穗也在所难免,这时候,割麦大军在前挥镰收割,后边紧接着车载人运,紧随其后,就该儿童团的团员们发挥作用了。

　　为了提高他们的战斗力，生产队还加强了对他们的组织领导，专门选派了一个头头，这个头头当时被称为"儿童团长"。再配上本队在小学代课的老师给配合协助，当时都风趣地称老师为"儿童团政委"。再看这些少年，个个精神抖擞，威风凛凛，全副武装：头戴着草帽，腰上挂着小茶缸，每人一个小竹笆，这小竹笆就是他们的战斗武器，任务就是把前面散落的麦穗统统地搂在笆子上。在搂麦的时候，这些小战士先"一"字形排好挨紧，都站在一个起点上。只听团长哨子一吹，团员们步调一致齐头并进，只见二三十个人走过去，后边一片灰尘飞扬，还真像战场一样。这活儿看起来挺轻巧好玩，其实不然。用笆搂麦必须一只手在胸前攥紧笆杆，再托起它的上头，一只手在身后使劲地往下摁住笆杆，这样才能把麦穗给搂下来，否则将一无所获。搂一小会儿，待笆上搂满了麦穗，"团长"又一声令下。"小战士们"就一起将战利品卸成堆，后边再跟人捆成捆，随后让运输队装上车运至麦场。

　　刚开始，"小战士们"劲头十足，可几个来回，年龄小点体力差点的，其中还有女孩子，就显得体力不支，腿疼腰酸跟不上趟，但他们还是不甘示弱，咬着牙向前赶。麦收天天气晴朗，烈日当空，热浪滚滚，团员们个个大汗淋漓，小脸热得通红。这时"儿童团长"一声令下，"小战士们"就撂下笆一起休息喝水，以利再战。就这样，一天到晚，连续作战，累了歇一会，渴了喝口水，饿了就在田间地头吃口饭，等把一块地搂完，还要放下笆子，每人一畦再把落下的麦穗头一一捏起来，全都给拾得干干净净。

　　那个时候，对儿童团每个人来说，劳动是艰苦的，又是愉快的，充满童趣的。每当休息的时候，他们听到头顶上不断传来的杜鹃之声，都抬起头来循声望鸟，把杜鹃鸟发出的声音听成"咣咣多福"，紧接着又给鸟儿来个空中对话。等鸟音一落都赶紧问道："你在哪住？"又好像听鸟回答："我在山后。"接下来一问一答，问的异口同声，答的清脆嘹亮：

"你吃什么？""我吃大肉。""大肉香吗？""不香不臭。""我吃行不？""别不害羞。"接着"哈哈哈哈"一串笑声伴随着鸟声在麦田上空飘荡。此时此刻，他们都忘记了疲劳，忘记了忧愁，一个个像小鸟般尽情地欢呼跳跃。

那个时候，对儿童团来说这是一场严峻的考验，"小战士们"个个都经历了艰苦的磨炼。一个麦假下来，脸晒黑了，人累瘦了，皮脱了一层，小手磨出了血泡又成了茧子，鞋子被麦茬扎烂，甚至连脚也被扎破。但是，他们用辛勤的汗水换来了丰硕的劳动成果，既给家里挣了工分又让两千多斤小麦颗粒归仓，还收了一大垛麦穰，与此同时还让他们真正理解了"谁知盘中餐，粒粒皆辛苦"的深刻含义。用当时时髦的话说，通过劳动锻炼，小将们心更红了，骨头更硬了，意志更坚强了。生产队长对这支麦收战场上的儿童团，竖起大拇指夸赞道："复收队不简单，三夏'战场'身手显。人小志高贡献大，不亚当年儿童团。"

2019年5月20日

脱　坯

　　日前我回趟老家，又看到了邻居家里至今还保留着三间老土屋。这老屋，屈指算来，已有半个世纪。看其墙皮现已脱落，墙根凹陷，墙体裂缝，土坯裸露。目睹眼前的一切，我不禁想起为盖屋而脱坯的情景。

　　在那个年代，要盖两间土屋真是难上加难。难怪老古语说："给谁不睦，劝谁盖屋。"这就一语道破了当年盖屋是极其艰难、极其麻烦、极其折腾人的受罪事。

　　这里，且不说先到远坡把土一锹锹装上车，又拉着千斤重载，双手紧握排车杆，伸直脖子瞪大眼，顶风上岗弓腰拉，气喘吁吁向前赶。就单说和泥、脱坯，这活表面看似简单，其实不然。凡脱过坯的人一定都会感受到其中无比的艰辛。

　　我不但见过脱坯，而且还亲自干过。干这活，首先得选一个好天气，春天最好，阳光充足，气候干燥，脱出来的坯干得快。

　　在脱坯之前，先要把土中的大块干坷垃弄碎，再把土堆摊开，然后在土堆四周打一圈堰，使中间形成坑，接着浇上水，这叫洇土。等把土洇透后，再把一定数量的麦穰均匀地撒在洇好的湿土上。这样做是为了让泥好有个扯络，让脱出来的坯有筋有骨更结实。然后和泥人赤脚把麦穰一脚脚

踩进泥里，接着用大镢头像刨地一样，一镢镢一遍遍地刨。刨时，必须把大镢头高高扬起，再运足劲儿狠狠地刨下去，把泥巴翻起来。有时，还得把大镢头翻过来狠狠砸下去，才能把麦穰均匀地掺进去。大镢头带上泥很沉很沉，力气小的根本举不起来。与此同时，还要一边刨泥一边踩泥，踩泥时，一只脚深深地陷进泥窝里，再把另一只从泥中拔出来。这样一踩一拔，不停地挪动双脚，人站立不稳，一腚坐在泥里也是常有之事。再者，踩泥时也会发生受伤之事，如泥里有小尖石头、瓷瓦片儿，甚至铁钉头子、玻璃碴，脚被扎破划伤，弄得鲜血流淌而染红一片泥水也不足为奇。

待和好泥就开始脱坯。脱坯得用坯模，坯模是用四块木板扣制而成，左右两边各有提把。坯模规格大小不等，有正方形也有长方形，其长一般约四十厘米，宽约三十七厘米，厚约九厘米，无严格限制。脱坯时，脱坯手蹲在地上，先把坯模摆好放正，模内必须平坦。为了利于坯干后易掀起，还得于脱坯前在模内铺上一层细沙土。要注意，使用坯模前，先要把坯模没在水中浸泡，同时还要备一个水盆、一把刷帚，以便用水及时刷去沾上的泥巴，让坯脱得利索。脱出的坯还必须有棱有角，平平整整。为达此标准，脱坯手待泥被送入模内后，先撩一把水泼于泥块上，然后用两只拳头来个左右开弓，把泥用力地填掖到四角，达到又满又实，然后再填平整个坯模。还要注意，泥不能超过模子，不能让其鼓心，中间要稍微凹一点。然后脱坯人再从水盆里捧上一捧水，来借此抹平坯面，使其表面平滑美观。有时还要在鲜坯的二分之一处划个细道，以便垒墙时掰开作半块坯使用。最后，脱坯人用双手使均劲儿小心地将坯模水平端出，至此一块坯才算脱成。这样，一天干下来，个个都累得浑身散架一般，次日早晨几乎爬不起床。

脱完坯之后，还要等坯半干之后再把它一一掀起，同时用小铲把反面抢平，再两块一组给摆成"丁"字形，待干透再收起上垛。有时还未来得及收坯，一旦遇到风云突变，即使三更半夜，也得全体动员，一齐上阵抢坯，要紧时邻居们也会主动前来帮忙。一块坯几十斤重，如果收上上千块，也不是轻而易举之事。最后，还要把坯垛用苫子席之类搭盖好，以防土坯被雨淋坏。一旦泡了汤，将前功尽弃。这真是：一块坯，千滴汗，其中艰辛说不完。

通过脱坯，我悟出了这样一个道理：无论干什么艰苦的工作，在什么样的困难境地，都要不忘初心，脚踏实地，扑下身子，撸起袖子，甩开膀子，苦干巧干，不遗余力。绝不要被困难吓倒而败阵退缩，畏葸停息，拖拉松垮，半途而废。要勇往直前，一鼓作气，抢分夺秒，只争朝夕。只有这样，才能尝到胜利的甜蜜滋味。

脱坯，这项最繁重的体力劳动，让我体验了艰辛，积累了经验，尝到了苦乐，经受了历练，懂得了应怎样尊重劳动人民，应如何珍惜幸福的今天，更理解了劳动的价值及意义的深远。

历史的车轮滚滚向前，脱坯的时代已一去不复返，当年用过的坯模再也难觅其踪，都永远退出了历史的舞台，淹没在历史的长河之中，所留下的只是人们永恒的记忆，还有那挥之不去的浓浓乡愁。

2019年8月

打平伙

　　"打平伙"也叫"对份子"，只要是上了年纪的，恐怕无人不懂。尤其是20世纪70年代中期，这种集体餐饮活动在我们当地可谓风行一时。不像今天，几个要好的朋友聚餐，由一人做东，请大家到大酒店一坐，点上一桌菜，有荤有素，有辣有甜，热炒凉拌，天上飞的，水里游的，地上跑的，应有尽有。吃腻了大酒店，再把地点转换，什么羊肉汤馆、风味名吃店，五花八门，只要有钱，保你口福享尽，饱嗝连连。

　　而在那个年代，尽管人们嘴也馋，可是没条件，一天两顿饭，全是地瓜干，过年过节才见点肉和白面，成天捧着个糊涂碗，啃个干煎饼卷（用地瓜面滚制的），饭店只有在梦中见。那时我村刚高中毕业的回乡知识青年，还有复员军人被大队推选走上教育前线，当上了民办教师，国家每月补助两元钱（后来涨至五元、八元）。那几年我们这些民办老师，真是干劲冲天，每天起早睡晚，备课上课批改作业，还要抽空家访，整日忙得团团转。特别到了晚上，在油灯下备完课，再把作业批改完，常常饥肠辘辘，总想吃点东西。于是，有热心的老师开始张罗，合伙老师打平伙，自我慰劳一番。于是，就先自己垫钱买来挂面，再买几个鸡蛋，打斤豆油，让校工（大队派的专为老师烧水的人员）帮忙，切几刀葱花姜末，用油炒两个鸡蛋，下几斤挂面，待老师们加完班，每人盛上一大碗。老师们来个狼吞虎咽，吃完喝完把账一分，人均两三毛钱，经济又划算。夏天饱肚子，冬日还管暖，那时的感觉享受又舒坦，止饿又解馋，真是苦中有甜，工作干得更欢。

又过了段时间，那热心人又有了新盘算：老是喝挂面，时间一长不新鲜，这个平伙还得把花样翻一翻，改改那天天不变的伙食单。听说社会上有人想解馋，大伙对俩钱，赶集买个小山羊，杀了熬锅羊肉汤，花钱不多开心取乐，咱不妨学学，打平伙喝羊汤，叫肚子见见膻气荤荤肠。

于是，热心人决定，苦中找回乐，打次平伙喝羊汤。可巧，当时有一位老校工，五十多岁，为人实在热心肠，况且还真有一技之长——买羊、剥羊、煮羊汤，样样都在行。随便牵来一只羊，他两眼仔细一打量，伸手抓把羊脊梁，再掂一掂其重量，毛重有几斤，能出多少肉，羊皮够几级，心中一估算，八九不离十。如果相中，给卖主讲讲价，付钱后来个"顺手牵羊"。回去之后，连杀加剥，干净麻利，业务堪称熟练。然后先用清水泡上，再把剥的羊皮、羊肠趁鲜拿到供销社采购站卖掉。那时大坞采购站大量收购羊皮，一张好羊皮，特等的四块四，此等级的皮要求严格，不光要完好无损，而且毛色要纯油光润泽，毛不短不长，皮大小要合乎标准，难怪那个老校工买羊要先看皮色。此外，一等羊皮三块三，二等两块八，三等一块八，以质论价。所以，喝羊汤打平伙合算与否，皮毛的等级至关重要。

那时的羊价便宜，一斤羊两三毛钱。买羊不能买过大的，因为过大肉不嫩，十来斤的最合算，若买得巧，一只小羊总共不过五元钱。难怪买羊的在相中皮毛后再抓羊，这一抓一摸便一切了然，就知道羊是胖是瘦，出肉率多少。

那张羊皮果然卖了个好价，羊肠还卖了两毛钱。卖了钱还有其他奖，一张羊皮奖励五斤地瓜干，得了地瓜干直接换酒，三斤瓜干换一斤。这种

酒都是地瓜干酿造，俗称"八毛辣"。

然后，校工把生羊肉从血水中捞出洗净放在一口大锅内，加入适量的水，放进各种调料如葱段姜片花椒等，锅底架上劈柴，点火烧水煮肉熬汤。此时要特别注意掌握好火候，但见那校工先用大火烧开锅，然后小火慢炖，等时间差不多，用筷子一插肉，就知道是否煮好。校工说："羊肉煮过劲都烂到锅里，不出肉没吃头；煮得欠嚼不动也不行，这里面有学问。"经过一段时间的紧煮慢炖，但闻羊肉飘香直扑鼻，令人垂涎欲滴咽口水。

不过得补充强调：在校打平伙喝羊汤，必须算准时间，除晚上加班加点或周六放学后，其他时间绝不可以，绝不能影响正常工作。

记得那是一个星期六下午放学以后，节令临近冬至，天寒地冻，外面雪花飞舞，伙房里羊汤锅底灶火正旺，锅上热气腾腾，沸汤翻滚咕咕作响。此时，只见一位爱喝酒的老师，拿出一个装了三斤地瓜干换来的酒的大玻璃瓶，咕嘟咕噜倒了一大茶碗，满屋里飘荡着诱人的酒香。紧接着校工在桌上摆了几个事先做好的菜：炒羊肚儿、炖羊血、凉拌羊心羊肝，还有羊头肉，呵！全是羊身上的东西，真的佩服热心老师对菜谱的精心设计和老校工的烹调技术，竟变出了好几道美味，这真是一个地地道道的"全羊宴"啊！我们六七个老师团团围坐，一块儿喝了起来。那时喝酒哪像今天这么讲究一人一个酒杯，而是大家共用一个公酒碗，一个一个轮着喝，一圈圈地转酒碗。酒量大的大口喝，酒量小的抿嘴儿嘬。那真叫以量所耗，各尽所能。喝到高潮，变个花样，不会猜拳行令，来个"猜火柴棒""剪子包袱锤"，输者喝赢者乐。喝罢一轮酒后，有一人先拿起筷子招呼大家："来来来，叨叨叨（滕州方言，即夹菜吃）。"一人号召众人响应。喝到尽兴，但见个个红头绛脸，精神焕发。大家高谈阔论，陈词激昂，真可谓无拘无束，宠辱皆忘。这时，有一语文教师情不自禁，竟摇头晃脑，眯起双眼，抑扬顿挫，大声朗诵道："居庙堂之高则忧其民，处江湖之远则忧其君。是进亦忧，退亦忧。然则何时而乐耶？其必曰'先天下之忧而忧，后天下之乐而乐'乎！噫！微斯人，吾谁与归？"醉声未落，全场喝彩。其场面之热烈，群情之激昂，实在难以描述。

待开怀畅饮酒喝好，再一人盛碗羊肉汤，戳点辣椒油，倒点瓶中醋，放点芫荽菜，拍个大蒜瓣，哎呀呀！羊肉香嫩味道纯正，汤色乳白中有红（辣椒油），真是色香味俱全。喝光一碗还想喝，连喝三碗才过瘾，喝得脑门冒汗，喝得全身发暖，当时的感觉简直赛过活神仙。

等吃完喝完解完馋，摸笔把账一算，自身分文不用掏，竟然清赚了一顿羊肉汤，大家个个笑逐颜开，沾沾自喜，只盼还有下一场。

可没料想，这次打平伙喝羊汤，后来竟然让公社的一个领导知道了端详，在会上批评了这种现象，说是打平伙喝羊汤，老师应当注意影响，理应为人师表。从此，我们的吃喝团体被解散，没人再敢打平伙喝羊汤。

2021年5月28日

拉　麦

　　蚕老一时，麦熟一晌。芒种一过，新麦飘香。满坡遍野，金海滚浪。这是20世纪的60年代末，农村的三夏"战役"正全面打响。老生产队长召开社员大会，叉腿掐腰大声动员："老少爷们听好喽，小麦七成收八成丢，到嘴的粮食要抢收，宁肯扒下两层皮，决不能让咱们的血汗白流！"

　　生产队长的话一出口，社员们自然明白。芒种一到，骄阳似火，热风一吹，麦会自然死亡。稍一迟慢，麦就焦头，割时连腰（音为四声）子都打不成，怎能捆成麦个？更是无法从地里运到场。再说芒种一过，雨量增多，天气变化无常，风云难测。一旦来了暴风骤雨，麦子全扑倒在地，如何得了？更可怕的是万一一场冰雹砸下来，全年的希望全泡汤，后果真不堪设想！因此，有经验的老农都知道：千万不要等麦子熟透了再割，七成正好。再者，倘若熟过劲儿，不但没法捆，而且会抛撒麦粒收不起来，怎么能让颗粒归仓？

　　于是，全体社员跃跃欲试摩拳擦掌，男女老少各不相让，一齐奔向三夏"战场"。真乃"八仙过海各显神通"：男女青壮年挥镰上阵，少年儿童抱筢搂麦，白发老人烧茶送水，还有一帮精兵强将，组成一支拉麦的运输队，早出晚归多拉快跑争分夺秒。那时，生产队大牲畜少，大车又有限，这当口，人力地排车就充分发挥出了优势，排车队也就成了抢运小麦的主力军。

而当时的我，刚刚初中毕业回乡务农，正好被队长派进了排车队拉麦，每辆车上两个人，一个是主角儿，管装车驾车；一个管拉偏套，负责搬运递麦个，是配角儿，两人同心协力互相配合。每当收割队的镰刀手们割完一块地，排车队就紧紧跟上装麦，每辆车各负责几趟麦个子，平均分工。只见那些有经验的老手，把拉车帮手搬来的麦个子先在车尾巴上一个个穗头朝里相互咬紧排好，再用两道绳用力地一勒紧紧地系在两边的车厢后撑上，再一层层把麦个子排严实码正以防把车装偏。不一会，便装满了一大车，看那车装得有边有棱、齐头齐尾、不宽不窄。接着把两股大绳从车尾甩到车的前两把，二人一齐用力把绳勒紧再缠好系牢，然后端起车把一试，车子装得不前沉不后沉，正合适。而且麦个子装得多又快，其技术真是令人羡慕。

而我作为一个刚走出校门的新手，毫无实践经验，缺乏技术，装车时笨手笨脚，麦个子不会摆，车尾没装好，把车越装越窄，越装越歪，弄得秃尾大头不像样，宽窄不等一边偏，麦个子没装完车就冒尖了。绳子勒得松松巴巴，半车麦装得摇摇晃晃，端起车把一试，后尾轻来前头沉。勉强把车子拉出地，眼睁睁看着就又要歪，多亏大家来帮忙，帮我重新把车子整理好，才把麦子拉进了场，直累得我气喘吁吁、满头大汗。

更让我难忘的是：有一次，我又把车子装歪了，拉车时只觉着麦车往一边沉。一路上，我恐怕车子歪倒翻在路上，只得攥紧车把，一手用力地抬左把，一手又将右把使劲往下摁，一边使劲拉，唯恐掉了队，一边睁大眼盯着路面，又是躲甩窝，又是避洼坑，又是防偏辙。一路紧握车杆把攥着心，唯恐车翻挡了路，在众人面前丢了人。终于勉强把麦运进了场，刚停下车，一车麦就歪在了麦垛边。

拉车运麦，晴天干地还好，若大雨过后，为了争取时间，还得到湿地

里去拉麦。往往把麦个子装满车后，两个车轮子都深深地陷进泥中，任凭九牛二虎之力，那车子也纹丝不动，只得好几个人合力共盘一辆车，前拉后拥，掀车尾巴耍（用手转动）车轮，一步一步运出麦田上了路。那时乡间庄稼路，坑坑洼洼，坎坷不平，一到雨天，满路汪泥踏水。拉麦途中，脚底直打滑，车轮抓不住地，只得来个头拱地大弯腰，伸脖子瞪眼艰难前行，再加上车重道远路泥泞，没拉过车的人绝对感受不到其中的艰辛。

待到把生产队的小麦全部拉到场里，双脚板已磨出了老茧，两脚脖子也被麦茬扎得伤痕累累，一双球鞋破烂不堪。脸，晒黑了；皮，脱了两层；身，瘦了一圈。但是，当看到我和排车队的队员们共同圆满地完成了拉麦任务，让集体的小麦丰产丰收颗粒归仓，当我拉着一车一车公粮送进国库，当我和社员们都吃上了新麦子，我作为一名当时在农村广阔天地炼红心的回乡知识青年，历经了风雨，受到了考验，心中感到说不出的高兴和自豪！

我永远不能忘记当年在生产队拉麦的那段亲身经历。

2021年6月12日

故乡的老石碾

我的故乡在大坞。在我记忆的深处，我家大门外不远处有一个大池塘。在池塘的西岸，露天支着一盘古老的石碾，那碾盘又厚又大又圆，碾磙（又称碾砣）溜光剔滑，全是用美观的花青石打造而成，再配一副笨拙结实的方形槐木碾架子，架子上凿有两个可供人插棍推碾的斜孔，一个在后，一个在前，碾盘正中间还竖有一根固定的圆铁柱，把碾砣牢牢地管在碾架子中。我小时候常听爷爷说，这盘碾从他记事起就有，有关它的年龄谁也说不清。

多少年来，那盘碾就和村里人朝夕相处，度过了无数个春夏秋冬，经历了无数场风霜雨雪。在它的身边，谁也不知发生过多少大大小小的故事。

我从小就在那盘碾旁长大。曾经多少次我亲眼看到乡邻们来等碾轧碾，其中有白发苍苍的小脚老太太，也有须髯如戟的庄稼老汉；有年轻漂亮的大姑娘小媳妇，也有正值中壮之年的家庭主妇。他（她）们每次来轧碾，总端着盛有各种粮食的大大小小的葫芦皮儿或簸箕等，肢窝下夹着棍，有粗有细有长有短，从四面八方陆续聚集在老碾跟前。

在当时那个年代，乡邻们除了用石磨之外，对各种粮食的粗加工如轧糊饣面、挤豆扁儿、去谷糠麦皮、粉碎地瓜干等都离不开那老碾。每年每

天，除刮风下雨，无论是天寒地冻，还是骄阳似火，无论是在雄鸡报晓的黎明，还是在彩霞绚丽的傍晚，人们总能听到那老碾发出的"咯咯吱吱"的声音。那些来轧碾的人们聚在一起，总有说不尽的话题：什么婚丧嫁娶家长里短，什么柴米油盐穿衣吃饭，什么道听途说民间传言，真可谓无所不及。尤其让我最难忘的是那夏天的夜晚，在皎洁的月光下，总能听见从老碾边传出的乡邻们热烈的交谈，那声音有高有低，语速有急有缓，连续不断。而这些声音又和旁边池塘里的阵阵蛙声交织在一起，如同一曲动听的交响乐回响在人们的耳畔，再加上池塘中盛开的荷花散发出的浓郁的馨香与被碾碎的五谷杂粮清香混合在一起，让人禁不住贪婪地进行深呼吸。啊，那一切一切真是美妙无穷，至今令人梦绕魂牵。

特别让我记忆犹新的是，有一天，我遇见一个老大爷，正蹲在一旁耐心地等碾，只见他慢慢取下搭在肩上的旱烟袋，满满地装上一铜烟袋锅烟末，然后"哧啦"一声划着火柴，点着后一边"吧嗒吧嗒"地抽烟，一边静静地听着妇女们的交谈。他一言不发神态自然，一道道深深浅浅的皱纹爬满了那张古铜色的老脸，让人一看就知道是个饱经风霜朴实厚道的老庄稼汉，他蹲在那里，多像一幅别具风格的雕像，又像一个电影特写镜头，在人们眼前展现。

在老碾的旁边，乡邻之间相处得那样友好，关系融洽亲密无间，假如碰巧有个正在哺乳期的妇女慌慌张张地来轧碾，这时一定有人主动让碾，那热情的语言让人倍感温暖。若遇到有人忙不过来或腿脚不便，也定会有人主动上前帮助推碾、扫碾，当然也会听到受助者连声地道谢，看到受助者那感动不已的笑脸……面对这一幅幅画面，你也定会感到一切是那样的和谐自然，定会被那种古朴的民风感染。

那盘古碾是千家万户的公共财产。天长日久风吹雨淋，时有损坏也在所难免，这时总会有热心人张罗，挨家挨户凑点钱，请人来修理一番，不图任何回报，只为大家方便。有时雨后碾道湿滑，附近的人也会主动弄来干沙子或炉渣灰，及时把碾道来垫；有时碾边难免出现垃圾如麦皮儿谷糠等，热心人唯恐被风刮起而弄脏了碾，也会主动前来打扫卫生；有时轧碾人忘了带棍儿或扫碾工具，到附近人家去借，被借者也都乐意为别人提供方便，从来不怕麻烦。

对此我从小耳濡目染，也受到了潜移默化的影响。记得那是我上小学的时候，有一位邻居姓段，六十多岁，我称呼她"六奶奶"。她双目失明，早年丧夫无儿无女，是生产队里的五保户。别看她是盲人，平日里衣着打扮干净利索，家中的一切都拾掇得有条不紊。有天放学后，我看见六奶奶身穿着一件老蓝大襟褂，一手拿着探路的小竹竿儿，一手端着小簸箕，她挪动着尖尖的小脚，摸摸索索地来轧碾。见此情形，我忙迎上前去，喊了声"六奶奶"，接过她手中的东西，领她来到了碾边。正好，旁院的二嫂刚挨上号，见状忙热情地对六奶奶说："您老人家先来！"于是，二嫂忙帮六奶奶把粮食均匀地摊开，此时我也一把抢过碾棍，和二嫂一起把六奶奶的糊饸面轧好，然后我又把她送到家中。当听到六奶奶的道谢和夸赞，我心中真比吃了块糖还要甜！

我对家乡的那盘老碾，始终有着特殊的情感。每年过年我都给那老碾贴上鲜红的福字，还有它的专用对联。父亲喜好书法，写了一手好毛笔字，年年给乡亲们写春联，他总不忘先给老碾书写那年年不变的春联："年年庆有余，岁岁保平安"，仔细一推敲，其中"岁"与"碎"、"年"与"碾"都是谐音字，还真是耐人寻味，一语双关。

家乡的老碾，父老乡亲们曾祖祖辈辈推着它，围着碾道转了一圈又一圈，走了一年又一年，曾付出了多少辛劳，洒下了多少血汗，碾出过多少代人对美好未来的向往和期盼！老碾啊老碾，它始终是家乡人民的忠实伙伴，它曾与父老乡亲同甘苦共患难，默默做出了多少无私奉献。它体验过乡亲们苦辣酸甜，它见证了时代的沧桑巨变。是共产党的英明领导，让乡亲们永远告别了多灾多难一穷二白的昨日，终于迎来了改革开放脱贫致富

的今天。而那盘老碾，在完成了自己的历史使命之后，竟然从此不见踪影。在寻觅之中，我才想起它已经被深深地埋在水泥路下面，永远地沉睡在被填平了的池塘旁边，可能要休息万载千年。但是，我对那老碾却时刻怀念，当年的情景还经常在梦中出现。

啊，难忘故乡的那盘老石碾……

想起当年拉排车

前两天，我回老家打扫卫生，又见到墙旮旯处的那一副已闲置多年的地排车轱轮。看上去它上面落满了灰尘，锈迹斑斑，车条也断了好几根，外胎瘪扁，其上花纹已磨平。睹物而思情，这又让我不禁想起半个世纪之前拉排车的情景。

那是1968年年底，那年我正好刚从滕县三中初中毕业不长时间，年龄十七岁，在当时也算一名回乡知识青年。在那"广阔天地大有作为"的口号声中，我和广大回乡青年一样，在农业生产第一线，决心大干一场，做一个合格的社会主义新农民。

当时，我们生产小队正好有一个排车队，我有幸成了一名排车队员。那年代农业社生产条件十分艰苦，小队里除了有辆牛车外，用的主要运输工具就是地排车。每逢三秋三夏，生产队里拉庄稼、运农家肥等全由排车队包揽。除此之外，排车队还负责给附近的供销社仓库进城拉货、下乡送货，所得的运费绝大部分归集体，队里给记高工分，只有极少部分提成算作生活补助，一天最多给块把钱。

就是在这个排车队的十几人之中，我年纪最轻、个子最矮。当时排车队的个别人对我大加怀疑：刚下学的白面书生拉排车，一时图新鲜，干不

了三天半，就得撂车杆。可我暗下决心，要以实际行动证明自己是一个有志青年！

记得我第一次出车就是进城拉化肥。那天大约凌晨三点钟，我在睡梦之中就被叫醒，我揉着惺忪的眼睛，带上水壶、饭包上了赴滕的路程。此时，正处三九隆冬，满天繁星，不远处时而传来鸡鸣犬吠之声。我随着排车队，踩着冰霜，迎着刺骨的寒风，步步紧跟，摸黑前行。约三个小时，就来到了滕县化肥厂。

等装完车，我们在路边茶炉上花两分钱买了碗白开水，啃个地瓜面子滚制的干煎饼，就口老咸菜，吃完早点，紧接返程。一车化肥千把斤重，一开始，我拉着重车不松襻，只觉信心满满，浑身是劲，脚下生风，大步前行。不一会来到种寨河口，但见河上架着一座漫水桥，桥两端路面很陡，老百姓都形象地称为"弯篦子桥"。拉着重载过此桥，下坡时如果把持不住，车容易失控十分危险；爬坡时若中途拉不上去更是危险十分。这时排车队长反复告诉我："下坡要抬起车把，让车尾巴着地，慢慢地扶着下；上坡要弯腰使劲，脚踏实地，一步一步向上爬。直着上不去，要拐着弯上。"按照他的吩咐，我小心翼翼，胆战心惊，先是慢慢顺坡而下，来到桥上，然后稍稍一歇，就架车向上坡冲去。这时的我，双手攥着排车把，背紧车襻大弓腰，伸直脖子瞪着眼，一步、两步用力向前蹬，唯恐中途"抛锚"。可是，那坡实在太陡了，我还没完全爬上去，就筋疲力尽，眼看车要退下去。就在这紧急危险的关头，我突然想起了排车队长的话，急忙把排车猛一拐头，车尾着地，将车子横停在了路上。真是好险好险啊！多亏大伙过来帮忙，把我的车子盘了上去，才让我顺利地过了这条河。

这，还只是第一道关，车重路远。此时的我，已张口气喘，在滴水成冰的大冬天，我穿着单裤、单褂还满头大汗，再加上口中干渴肚里缺饭，心中直盼快点到姜屯羊肉汤馆吃饭歇肩。终于到了饭店，花了两毛钱，盛了一碗羊肉汤，趁热泡上地瓜面做的干煎饼卷，狼吞加虎咽。吃饱喝足力气大添，又拉起排车，奋力朝前赶。

走了一段路，又一道关出现在眼前，休城大河又将路拦。河上的漫水桥更长，水面更宽，要想过去难上加难，这次过河，大伙齐心协力相互帮，不再单枪匹马干，一辆一辆把车全盘上了岸，这又让我顺利过了第二关。

此时此刻的我，由于刚走出校园，平时缺乏锻炼，经不起摔打，如同刚入伍的长跑队员达到了运动的极限：眼冒金星，舌燥口干，背疼腰酸，两腿发软，双脚像灌满了铅似的越走越慢，被远远撇在了运输队的后边。在这种情况下，我硬着头皮咬紧牙关，在心中不断给自己加油鼓劲催马扬鞭：坚持、坚持，胜利就在眼前，"不到长城非好汉"，我决不能让别人小看！终于，我战胜了自己，克服了困难，经住了考验，把一车化肥运到了供销社仓库前，又胜利度过了这一关。排车队长夸奖我："小青年，不简单！"

但是，这还不是终点站，还要把化肥送到北山前——池头集供销点。这十来里路按说不算远，可要过三道河几道坎，道道河上架着漫水桥，下崖爬坡步步难，真可谓一关一关又一关，一关更比一关险。头次跟着运化肥，竟然给了我这么大的颜色看，我到底还是经受住了这次严峻的考验，把艰难踩在了脚下边。

在排车队的一天天，我经历了一次次痛苦的磨炼。数九隆冬，我斗严寒踏冰冒雪；炎炎盛夏，我战酷暑栉风沐雨；在乡间泥路，我来回奔波，迈过多少坎坎坷坷。甚至为了省双鞋钱，我春夏秋天，还学着别人赤脚打丫，拉着千斤重载，每天百多里路的往返，终于练就了一双"铁脚板"，双手也长满了老硬茧，脱掉了两层皮，晒黑了一张脸，在广阔天地里摸爬滚打，让我心红眼亮志更坚，终于，我锻炼成了一名合格的回乡知青。

在老排车轱轮面前，我感慨万千。想当年我拉排车，也许是上天的有意设计与安排，才让我有了这么一段难忘的生活经历，才和地排车结下了这不解之缘。在这段经历中，我受到了艰苦的磨炼，它让我在实践中增长

了才干，它让我学到了学校里得不到的知识，它让我养成了吃苦耐劳的习惯，它让我有了赖以生存的本钱。正因如此，在以后的人生旅途中，我只要认定一个正确的目标，哪怕遇到再大的坎，面临多大的难，我都那么地坦然而乐观，不服输、不言弃，勇往直前，精心编织理想的美丽花环。掏出肺腑之言，对拉排车那段日子我真的好怀念，对团结协作互帮互爱的队友们好留恋，我要感谢那辆排车和我曾经的朝夕相伴，它将永远承载着那绵绵的乡愁并让我终生刻印在心间！

2021年8月

我的乡村教学生涯

　　我在家中珍藏着一个最宝贵、最让我骄傲的荣誉证书，每每拿出，封皮之上那鲜红的颜色，那庄严的国徽，那四个烫金的大字，总在我眼前熠熠生辉闪闪发光。打开证书，首先看到的是一支红烛，它燃烧得那样明亮，让我不由想起了李商隐"春蚕到死丝方尽，蜡炬成灰泪始干"的名句。更让我心动的还是证书上那句话："张玉川老师：你从事乡村教育工作满三十年，为我国乡村教育发展做出积极贡献，特颁此证。中华人民共和国教育部、中华人民共和国人力资源部和社会保障部。二〇一七年九月。"此时此刻，我热泪盈眶，心潮起伏，不禁想起了那漫漫三十余年的农村教师生涯……

　　1971年1月，我刚刚从滕县三中高中毕业回乡务农。一天，大坞公社高潮大队贫下中农管理学校委员会主任姬生云同志通知我到大坞联办学校任民办教师。于是，我就从那时起，变成了一名拿工分的教书先生。

　　一上来毛万德校长就交给了我一个五年级二班，代语文课兼班主任，我的教师生涯就从那难忘的第一节课开始了。当时，随着清脆的上课铃声，我一手拿着本薄薄的语文课本，上面放着粉笔盒，怀着紧张的心情向教室走去。刚走进教室，就听见班长一声"起立"，全班学生齐刷刷站起

来，第一次站在用土坯石块垒砌的讲台上，面对着四十多张陌生的面孔，一双双睁大的眼睛看着我，我心中不免发毛又发蒙，在老教师指导下备好的教案，我不到下课时间就讲完了。这时学生们的新鲜感已过，下边调皮捣蛋的学生开始活跃起来，先是交头接耳，后是打打闹闹。我声嘶力竭也无济于事，面对混乱不堪的局面，我头上冒汗，直盼快点下班。真感觉到万事开头难，这个乱班不好缠！

可是，开弓没有回头箭，我既然当上了民办教师，走上了讲坛，执起了教鞭，就必须不怕困难，克服困难，在干中学，在学中干。于是，我虚心向老教师请教，努力学习教育理论，勇于进行教学实践，和学生打成一片。终于，我的业务能力不断增强，教学水平不断提高，并积累了一定的教学经验，当上了教学中的骨干，挑起了工作上的重担。

1980年以后，大坞中心校进入了一个建校史上的黄金发展阶段。

在这期间，由于学校对教学工作抓得扎实，师资力量不断得到加强，老师们劲儿往一处使，心往一块想，因而教学质量不断提高，升学率连年稳步上升，以致在滕西大地名声在外，从而吸引了一些外地莘莘学子前来求学。学校领导出于对我的信任，把教初中毕业班的重担交给了我，我深感任务光荣而艰巨，唯恐辜负了学校领导的信任和学生及家长们的期望。那时农村广大学生的家长，都是盼子成龙、望女成凤，最大的愿望就是让自己的孩子考上中专，跳出农门，捧上铁饭碗，吃上商品粮。那时，只有学习成绩最好的才有希望上中专，其次才是考一中读高中。

为了让班里的学生多考上几个中专，我和其他老师齐心协力，起早贪黑，废寝忘食，拼命工作，全心全意提高教学抓质量。当时农村缺电，学生们就点上蜡烛和煤油灯挑灯夜战，后来又用上了气灯。就是在那种浓厚的学习氛围中，学生们在老师的带领下，高高扬起理想的风帆，在知识的海洋里畅游，在科学的道路上勇敢地攀登。老师们个个有使不完的劲，每天都是不遗余力，不知疲倦，精心备课，认真上课，认真批改，把文化知识毫无保留地奉献给所有学生，就连星期天也顾不得休息。特别是像我这样的民办教师，一到农忙季节，为了毕业生连责任田也顾不上，甚至地里的小麦熟焦了头、豆子炸开了荚也不能帮家里人去收割。平时有的老师即使有了小病也不离学校，受了点轻伤也不下"火线"。为了教学工作，真正做到了忘我的地步，而且无怨无悔。

　　最让我难忘的是1982年元宵节下午，我爬到家中的一棵树上，准备将树干上发出的一枝树杈砍掉，不小心一下子从树上掉了下来，致使我的右脚踝韧带崴伤，红肿得很厉害，疼痛难忍，家人见状，立即用地排车把我拉到李店生氏膏药店看伤。大夫看罢开了几贴膏药并叮嘱再三："贴上膏药不可走动，更不能上班，要充分休息，安心疗伤。"当时我心想：这可怎么办？我当着毕业班班主任，教着语文课，学生眼看就要进入最后的冲刺阶段，学校根本没有合适的老师接替我的工作。学生的前程不可有半点耽误，轻伤不下"火线"，再大的困难也必须想办法克服，我决定带伤上课！

　　我的家虽离学校不远，但是我当时根本不能走路，无奈之下只得先让家人用排车把我送到学校教室门口，再让学生扶着走上讲台，坐在讲桌前给学生讲课，放学后再接我回家。脚伤好得慢，长此下去，也不是办法，于是，我在家中找了根粗细适中的梧桐木棍儿，做了个简易的拐棍，棍头上裹了好几层软布，以防磨破手心。我拄着拐棍，一瘸一拐，勉强可走几步。可是从家里到学校毕竟还有一段路程，怎么办？正好我家那时有辆旧自行车，我就尝试着把受伤的右脚先搭过自行车的横梁，然后再用左脚连续用力去蹬地，如此这般一步、两步就把自行车给"开"起来了。就这样我用单脚蹬车，再不用家人专接专送，自己就可以直接把自行车"开"到教室门口，再取下拐棍，拄着棍儿登上讲台。学生见状，甚是感动，当时我看到前面有个别女学生的眼圈都红了。在这种情形之下，同学们听课更加认真，学习也更加用功。

　　俗话说："伤筋动骨一百天。"三个月后，我的脚伤还没好利索，直到

学生毕业中专预选考试（那时学生考中专先得参加预选，过了分数线才有资格考中专），我还未撂下拐棍和自行车。就是这样，我风雨无阻，忍着伤痛坚持上课，从未耽误一节课，终于圆满完成了教学任务，升学率全镇名列前茅。有的同学考上了师范、卫校，还有的考上了一中。有的同学考上学后还专门给我写信，信中表达了对我的感恩之情。每次接到学生的来信，我都反复阅读，真让我为之动容！说句心里话，每一个有事业心责任心的老师，凭良心教学，根本不图学生的任何回报。只要把学生培养成功，就是老师最大的追求，最大的幸福，最大的光荣！这，就是所有老师的共同心声。

回忆在乡村三十多年的教学生涯，我为党的教育事业做出了应有的贡献，我无怨无悔。说实在的，我在一生当中，也曾有过机遇，曾经，我被镇党委政府领导看中，临时被抽调到镇里搞文字工作，凭我的真诚实干和工作能力也许能改行从政，得到提拔任用。想当年，也曾有人劝我换一份工作，而我竟然不改初衷，咬定青山就不放松，甘当一名教育工作者。我苦熬苦干加巧干，终于迎来了风雨之后的彩虹。党和人民没亏待我，1987年我转了正，工作了整整十六年的我，最终得到了党和人民的肯定和器重。想起这些，我十分知足、无比庆幸，心理上无任何失衡，自始至终觉得对党和人民有报答不尽的恩情！

值此又一个教师节到来之际，我还要向党和人民表达我的心声：当老师最光荣，如果有来生，我还要做一名教书育人的辛勤园丁，为国家培养更多的栋梁！

写于2021年教师节前夕

第一次进城看电影

在我的人生旅途中，有一段难忘的经历至今让我记忆犹新，那就是第一次进城看电影。

1966年11月初，我和全校七十多名赴京代表一块儿，平生第一次坐上解放牌大卡车，先来到了滕县城，准备乘车北上参加毛主席的接见。

在临行之前，县领导专门为我们安排了一场电影，放映地点是人民电影院。我随队第一次来到电影院前，倍感新鲜：电影院建得真是好气派！听带队的王老师介绍，我才知道这座电影院是1958年春天经县委县政府研究决定兴建的。它坐落在城区新兴南路路东，是滕县颇有名气的一座新型建筑，其建筑面积达一千二百平方米，全为砖木结构，看上去真是美观大方又坚固。

面对眼前的大建筑，我不禁想起了家乡大坞的老戏院，那只不过是个大茅草屋，盖得十分简陋。两两相比，一"洋"一"土"，差距万里。今天能到这里看场电影，真是莫大的享受，半时连做梦也没有想到。

第一次走进电影院，让我眼前猛一亮，里边真是好宽敞！大大的银幕挂在最前面，分外醒目抢眼。座椅排排都成行，单号双号分两旁，椅面设计是活板，坐上舒适又稳当。一个一个数不清，少说也有千以上。前排

低，后排高，谁也不会被遮挡。各项设施都齐全，真不愧是令人向往的好地方。

刚一落座，我就东张西望，咦！为什么不见放映员？电影机子在哪里放？小声问我身边的王老师，我才知道后面上方有专用的机房，放映机就在里边藏。

在焦急的短暂等待中，我不由想起从前在家偶尔看场电影，地点都设在露天体育场，电影机就安放在正中央。放电影时还得现发电，老远就能听到机器响。数九隆冬天气寒，看电影都站在雪地上；酷暑盛夏闷又热，观众挤得淌大汗。如遇天公不作美，还被风吹雨打脸，放映机上只得撑把伞。放映间还得换上好几回片，最让人讨厌的是演着演着胶片突然被烧断，放映员又得停机接半天，让人等得不耐烦，焦急万分直埋怨。

还有一事更难忘：记得从前老家在戏院里放电影《上甘岭》，观众凭票而入，票价仅一毛钱，可是我分文没有，竟在大冬天的凛冽寒风中站在检票口外，眼巴巴地看着持票人大模大样地进去看电影。当时的我是多么想遇上熟识的大人把我领进去，好看看那打仗的电影啊！可我始终没能如愿。强大的吸引力让我舍不得离开，我就在场外竖起耳朵听从场内传出来的那激烈枪炮声、喊杀声，特别是电影中那美妙动人的歌声。在冷天冻地之中，我冻得浑身发抖清鼻涕直流，只盼在最后几分钟的放映时间里挤进去看几眼影片的尾声……

来不及再多回忆，忽然间影院内全场齐灭灯，一时间面对面连人脸都看不清。这时，只见从头顶后面的放映窗口射出来一束强烈的光，伴随着音乐之声，银幕上同步出现了清晰的影像，影片的名字一下子跳入了我的眼帘——《秘密图纸》，这可是当时全国热播的最新影片，它是于1965年由八一电影制片厂拍摄，由著名表演艺术家田华和王心刚主演的一部堪称经典的故事片。影片中那惊险曲折、跌宕起伏的故事情节，人民公安战士那高大丰满的人物形象，影星们那精彩绝伦的演技，还有那优美动听的音乐旋律，那扣人心弦的谍战场面，牵动着场上每位观众的每一条神经，真是让人有身临其境之感。

不知不觉，电影剧终。我又不禁疑惑起来，中间怎么没有换片，就一气放完？经老师介绍，我才知道，原来这是用两部35毫米的大放映机在后面两个窗口轮换放映，中间根本不用换片。我这个从未进过城里电影院的"井底之蛙"，今天终于见了世面，开了眼界，长了知识。

看完这场电影，我仍然意犹未尽，久久沉浸在那惊心动魄的电影氛围之中，心情难以平静。我恋恋不舍地离开座位，回首再看看大银幕，心中暗想：将来有朝一日，我还要再到这里看几场电影！在几年之后，我还真的曾经专门进城看过多场电影，有顺口溜可作证。

《乒坛盛开友谊花——第三十一届乒乓球锦标赛》，

《红灯记》和《阿诗玛》，

功夫大片《少林寺》，

《卖花姑娘》催泪下……

当然，这都是题外之后话。

2021年11月18日

难忘当年看世乒赛

2021年12月7日19点，WTT世界杯总决赛在新加坡打响，我这个老乒乓球迷自然不能缺席，在电视上又欣赏了一场精彩绝伦的比赛，一饱了眼福，尽享了一场体育盛宴。我看到乒乓健儿在国际赛场上为祖国荣誉顽强拼搏的情景，又不禁想起五十年前的那段有关的往事……

1971年3月28日，第三十一届世界乒乓球锦标赛在日本名古屋举行。那是一场举世瞩目的国际大赛，中国出战，备受关注。我国体育健将雄赳赳气昂昂奔赴国际赛场，结果一炮打响，战绩辉煌，震惊世界。在这次大赛中，男团不负众望，庄则栋、李景光、梁戈亮团结战斗，战胜东道主，一举夺冠；混双决赛张燮林、林慧卿奋力拼杀，携手折桂；女双决赛林慧卿、郑敏之左右开弓，势不可挡，拔得头筹；女单决赛，中国姑娘大显身手，林慧卿与郑敏之金银双牌尽收囊中。新中国乒乓健儿，独占鳌头，世界称雄。全国人民，扬眉吐气。长城内外，一片欢腾；大江南北，狂潮涌动。为此，中央新闻纪录电影制片厂专门录制了黑白纪录片《乒坛盛开友谊花——第三十一届乒乓球锦标赛》，于1971年6月在各地放映。一时间国人争相观看。与此同时，滕县电影院也专场连续放映此片，全县城乡之众，奔走相告，欲进影院一睹为快。

这时，我正在大坞小学任民办教师，也和其他老师一样，多么想进城看场电影，去一睹乒乓健将们的风采。可是，大坞离县城往返七十公里，当时交通很不便。于是，我们几个老师在一块合计：机不可失，利用星期天，结伙步行进城看电影。可是我们中有的女老师年龄较大，如陈荣恩老师、周长瑞老师，当时正值五黄六月，来回步行，如何吃得消？在这种情况下，我忽然想起：学校正好有辆旧排车，我曾拉过脚儿，正年轻力壮，何不用排车拉她们进城看电影？于是，我给排车轱轮打足了气，上好了润滑油，又找来草苫子铺在车厢里，让她们在车上坐好，我拉起排车快步向县城直奔而去。我们一行五人迎着晨光，爬高坡、过凹桥，不怕路远道不平，阵阵欢声笑语洒满了进城的途中。大约三个钟头，钻过三孔桥，来到了目的地。

但见电影院前，电影海报分外醒目。看电影的来来往往，人头攒动，热闹非凡。我存好排车，手持托人买的一角五分钱一张的入场券，随着鱼贯而入的观众，走进了电影院，对号入座，开始了观看。仅仅五十分钟的纪录片，给我留下了永远难忘的印象。那一幕幕精彩无比的比赛画面让我目不暇接，新中国乒乓健儿敢打敢拼、胜不骄败不馁的顽强作风不禁让我肃然起敬，他（她）们那种团结战斗、攻坚克难的战斗精神让我热血奔涌，那种"友谊第一、比赛第二"的崇高品格和道德风尚让我感动不已。

难忘赛场之上：二十岁的小将梁戈亮首次亮相世界乒坛，在争夺男团决赛权的比赛中，带伤上阵，不畏强手，敢于斗争，敢于胜利，如猛虎下山，似蛟龙出海，若泰山压顶，一次次腾空跃起，一板板重力扣杀，接二连三，一连竟扣了十几大板，势大力沉，把外国的一个世界名将打得落花流水，每当一球攻下，场上立即响起雷鸣般的掌声。比赛场上，真是高潮迭起，悬念重重。电影院中，乒乒乓乓，声声脆响，接连不断。全场观众无不屏住呼吸，目不转睛，唯恐错过每一个比赛瞬间。此时的我，也和大家一样，紧握双拳，手心出汗，心跳加快。只有在这里，我才真正体会到

什么叫紧张激烈，什么叫扣人心弦，什么叫拼搏厮杀，什么叫斗智斗勇。

"友谊第一，比赛第二"，体育健儿，第三十一届世乒赛好戏连台。当我看到中华体育健将登上领奖台，手捧奖杯，胸挂奖牌，面带胜利的微笑，向全世界人民招手致意时；当我看到鲜艳的五星红旗在赛场上高高升起，国际友人无不夸赞时；当我听到那庄严雄壮的义勇军进行曲一次次在耳边回响时，一种民族自豪感油然而生，我感到无比的快慰，无比的幸福，无上的光荣！

这一次专程看电影，不虚此行，感受至深，收获颇丰。时至今日，我仍没忘却当时那激动人心的场景，还能想起《乒坛盛开友谊花——第三十一届乒乓球锦标赛》那动人的歌声，优美的旋律：小小银球连四海，乒坛友谊花盛开。辛勤浇注友谊泉水，难忘的相会永远记心怀。我们永远心连着心，我们的友谊相传万代。世界人民团结战斗，迎接那无限美好的未来……

2021年12月12日

拾贝篇

蒲公英开花黄又黄

2021年3月28日，风和日丽。我随女儿驱车至枣庄市山亭区冯卯镇，穿过东岩下小山村，登上了护家山。此行之目的，一是游山观景，再者是采挖蒲公英。

下了汽车，我顺着崎岖的上山之路，爬上了半山腰。驻足远眺，一派美丽的山村风光尽收眼底。护家山层层梯田平平展展，满山遍野片片桃林，粉红的桃花分外妖艳。山跟前的东岩下村依山傍水，绿树掩映，在蓝天白云下面，村民的排排新房错落有致，屋顶楼面红蓝相间。随着阵阵暖风，我似乎隐隐约约听到从小山村传来的鸡鸣犬吠之声。一条小河在村前静静地流淌，蜿蜒西去，不时随风飘来阵阵蛙声。此时此刻，我仿佛来到了一个世外桃源，贪婪地呼吸着充满花香的新鲜空气，真感到沁人心脾，心旷神怡。

顾不上再欣赏美景，我把目光转向近处的山崖路边田埂荒滩，开始寻找蒲公英。但见一棵棵蒲公英正沐浴着灿烂的阳光茁壮生长，朵朵金黄色的小黄花在我的眼前正绽开着笑脸，看它们有的长在草丛中，有的长在畦埂上，有的长在沃土里，有的长在瘠薄地。不管是向阳还是背阴，不管是在高岗还是下洼，不管是在路旁还是在沟头，它们毫不在乎环境的优劣，

只是一味地生长。突然间，我被一棵蒲公英所吸引，它竟把根深深地扎进石头的缝隙间，吸收着春天的阳光雨露，正倔强地生长，它尽情地舒展着嫩嫩的绿叶，绽放着美丽的黄花，散发着淡淡的清香。而在它的旁边，竟还有一朵圆圆的洁白的绒球，如絮如纱，看样子欲随时随风起舞，飞向蓝天，飘落到天涯海角，落地生根开花结籽，生生不息。我心中由衷地赞叹，蒲公英的生命力是何等的顽强和旺盛！

面对此情此景，我感慨不已。不禁想起古往今来那些文人墨客赞美蒲公英的诗句："一生淡泊胜名花，田陌荒坡溢翠霞。絮伞随风衔吉梦，绒珠吐雾绣英华。蒲公谨献通身宝，药食兹临百姓家。愿许余年循善草，人间播爱遍天涯。"

蒲公英，它不比桃花那样美丽鲜艳，也不比玫瑰那样芳香诱人，更不比牡丹那样雍容华贵，它看似平凡俗贱，但是，它的营养价值让其他名花甘拜下风。蒲公英是老百姓餐桌上的一道美味佳肴，是一种众所周知的绿色食材。

面对着那生机勃勃的蒲公英，我不禁产生了无尽的深思。它的一生虽然短暂，但它始终胸怀远大目标，对未来无比憧憬，对自由是那样向往，执着地追求，不懈地坚持，初心永远不变；它虽然卑微低贱，但它勇于探索乐于奉献，把一片爱心洒满塞北江南；它又是那样的纯朴清纯触动心灵，让我顿时产生无穷的爱怜；还有它那超乎寻常的忍耐和等待精神，直让我遐想联翩……

我轻轻地掐了一朵金灿灿的小黄花，深情地闻了闻那淡淡的清香，又采了一朵洁白的绒球球，对它使劲地吹了口气，只见那颗颗饱满的种子，撑着小伞随风飘向远处。

我忙碌于桃花丛中，看着那棵在石缝中顽强生长的蒲公英，实在不忍心把它采挖。我要把它留下来，让它继续开花结籽，让它的子孙后代满怀梦想飞向海角天涯！

此时此刻，我手握小铁铲，在开满桃花的树下，满山遍野地采挖，那棵棵蒲公英带着小黄花，心甘情愿地让我把它们采回家。那被铲断的粗长的根儿竟淌出乳白色的汁液，我想，那一定是蒲公英储存的营养丰富的乳汁，如今又毫不犹豫地奉献给了我，让我回去享用，或食用或泡茶。不过，它的根并没有被我挖净，留下的下半段，不久还会发出新芽，照常开出嫩黄的小花，然后再结出无数的种子，让它们乘风飘向天涯，四处安家。

劳累了半天，收获满满，我告别了桃花源，走下了护家山，又穿过东岩下，看着朴实的山民送来的热情的笑颜，我轻轻地念了声："老乡，明年再见！"我想，待到来年春回人间，那满山遍野的蒲公英花会开得更黄更艳！

2021年4月16日

品读《扪虱年代》

前几日，滕州精神家园微信公众号、《滕州日报》，先后发表了段修桂老师的一篇新作——《扪虱年代》。发现后，我急不可待，忙连读了几遍，越读越觉得生动有趣，大有大快朵颐之感。于是，就信笔写了短诗一首，但仍觉意犹未尽，还想不揣浅陋，妄提拙见，再写几句学习心得，以讨教于诸君，借以抛砖引玉。

段修桂老师是善国文化研究会顾问，近年来活跃在滕州及济宁文坛，其文学作品深受广大读者的欢迎。他是我的良师益友，我是他的忠实读者。他的作品只要一发表，我都要在第一时间研究学习，每次总被他的佳作感染，被他的文笔打动。尤其是他的散文形散神聚，特色鲜明，语言优美，风格幽默，内容丰富，生动感人，而且思想性与艺术性有机结合，高度统一，根扎生活沃土，紧紧连接地气，雅中有俗，俗中有雅，雅俗兼之，他那深厚的文学功底，高超的写作技巧，出色的语言表达能力，让我由衷地佩服。每次读到他的作品，对我来说都是一次美好的精神享受，而且我总是以最快的速度把他的作品转发给我身边的朋友，共同分享阅读的快乐。

段修桂老师的许多佳作，都写得有滋有味，脍炙人口。在此，本人只就他的近作《扪虱年代》一吐我读后之快。说得欠妥之处，还请段老师多多谅解。

当文章的题目一映入我的眼帘，便立刻吸引了我，同时激起了我浓厚的阅读兴趣，驱使我一口气把文章读完，进一步引起了我强烈的感情共鸣和莫大的感慨。是啊，虱子这个早已不见踪影的小东西，对于我是那样的熟悉而又陌生，让我又仿佛回到了那贫穷的时代，又想起那许多令人心酸的往事……

我小时候，就曾经与虱子朝夕相处。那年月，我和许多人一样，吃糠咽菜喝稀糊，由于营养不良而面黄肌瘦，穿的是补丁摞补丁的衣服。特别是在难熬的冬天，只有一件用旧棉絮套的"乏筒袄"和薄棉裤，根本没有衬衣衬裤。由于长时间不能换洗，衣服里藏满了虱子和虮。那些饿皮虱子疯狂地在衣缝里安营扎寨繁殖后代，贪婪地吮吸着身上本来不多的血液，真是受尽了它的气。我对那些可恶的寄生虫恨之入骨。记得上学的时候，老师在讲台上讲着课，我只觉身上又痒又疼好不难受，一伸手竟摸出了一个大虱子，虱子吃得滚圆如绿豆粒一般大，接着我就用两个大拇指甲盖夹住虱子狠狠地一挤，只听"咯嘣"一声，就把它碎尸万段，好不解恨。

最让我难忘的是，在我小时候的一个隆冬之夜，茅草房外，北风呼啸冰天雪地。我蜷缩在旧棉絮薄被子里，母亲把我脱下来的棉袄棉裤翻卷过来，然后拨亮煤油灯，靠着微弱的灯光，睁大眼睛，把虱子一只一只从衣服缝里捉出来，再顺手把虱子放进身边的小火盆里给烧掉。为了消灭衣缝中那些数不清的虱卵——虮和那些小虱子，母亲竟顺着衣缝用牙齿使劲地咬啊咬。可是一段时间过后，漏网的虱子又卷土重来，母亲还得再熬夜，又重复上演原来的那一幕。

我至今还清晰地记起四十年前妻子为二女儿逮虱子的情景。那可恶的小虫，吸血成性，竟连小孩儿也不肯放过。当时，二女儿刚满周岁，她不光衣服里有虱子，就连头上也是虱虫乱钻，大大小小，十分难逮。于是，

妻子就干脆拿来一把篦子给女儿梳头，目的是把虱子给刮下来。一篦子梳下来好多个，此法暂时管用，可不几天，虱虮又生满了头，无奈之下，妻子就把女儿的头发全部剃光，让虱虮没有了藏身之地。

更有甚者，在那个年代，有的人家为了灭光衣上、头上的虱子，竟用农药洗衣搓头，差点出现生命危险，酿成家庭悲剧，这都是虱子惹的祸。

读罢《扪虱年代》一文，我曾这样假设：如果让我写此文，充其量只不过写写以上之事，再写写"今非昔比两重天，扪虱年代不复返"，如此而已。这只能给人一种平淡无奇之感，其艺术感染力、思想性、艺术性更是无从谈起。

值得赞赏的是：段老师厚积薄发，博古通今，独辟蹊径，思路开阔，深入挖掘，精雕细刻，真是妙笔生花。文章围绕小虱虫，做起了大文章，谈古论今、挥洒自如、亦庄亦谐、趣味横生，竟挖出了流传于民间颇具哲理性的许多方言俗话歇后语，深入浅出，耐人寻味，引我会心而笑，其语言风格幽默诙谐、饶有风趣，读来实在让人开心不已。

让我更受益的是，我从中还增长了许多见识，似乎让我看到了古时的那些开疆拓土的代代枭雄，为成就霸业他们南征北战"枕戈待旦，志枭逆虏"，以致铠甲生虱；好像让我听到了古战场上群雄逐鹿、千军呐喊、万马嘶鸣、鼓角声声；还领教了欧亚大旅社中的旅伴们深更半夜如何练就扪虱本领；又重温了《晋书·王猛传》中那让人百听不厌的"王猛扪虱"的故事，领略了"名士扪虱"的特有风度。读罢真让人眼界大开，不禁让人直呼过瘾，好不快哉！

读罢此文，我还想起了《孟子·离娄下》中所云："资之深，则取之左右逢其原。"原意是做学问功夫到家后就可取之不尽用之不竭。我就想：段老师平日里如不博览群书，善于积累，把学问装满脑子填满肚子，那又怎么到用时就信手拈来，而且用得相当准确恰到好处？这正应了民间一句歇后语"月黑头里摸虱子——全仗着有"啊。一个人如胸中无墨，腹中空空，别说闭眼去摸，就是拿着显微镜也未必找得到。怪不得段老师这么清楚地知道南宋时期评论家陈善的《扪虱新话》，这么清楚地知道《四库全书总目提要》中那段自成一家的精彩论述，这真是"冰冻三尺，非一日之寒"也，我想这是段老师的文章之所以出彩的其中原因之一吧。

唐代大诗人杜甫诗曰："读书破万卷，下笔如有神。"这千古名句告诉我们：只要多读书，勤积累，善思考，就能成为一名有学问的人。《扪虱年代》就是生动的一例。这正是：《扪虱年代》写得妙，桂弟文笔技高超。字字珠玑见锦绣，一睹为快得见教。

2020年8月

附：

扪虱年代

    微信群里，好友发了一张图片，是一只长而扁、银灰色且有些透明的小昆虫，我左猜右猜，猜成了水鳖子。好友启发我说："猜错啦，我们可没少受它的祸害！"我记忆的闸门立即打开了，这是一只放大后的虱子——久违了，老伙计！

    关于虱子的记忆，现在年龄在四十岁上下者恐怕一片空白，遑论更年轻一代。几千年来至四五十年前，虱子是人们的亲密朋友，寄生附着在人的衣服里、身体上，如影随形，吮血传病。所以，过去的人们就有了一项不太体面的业余活动——逮虱子，古人讲究，将此起了个文雅的词儿——扪虱。本人脖子右上侧，有一颗大点的痣，少年时多次被人误认为虱子，好事者还要热心帮着扪，使该痣蒙受不白之冤。还有，小时候逮着虱子舍不得立刻扪死，要把玩一番，我藏有一个放大镜，喜欢把虱子放到放大镜下面观察，放大后的虱子体大如豆，蠕蠕载行，触目惊心。有一次恶作剧，把逮到的虱子"放生"，扔到了前面同学的头上，也不知道这只幸运的虱子在同学头发里繁衍后代没有。后来听马三立大师的单口相声《开粥厂》，里面的马善人慈悲为怀，逮着大虱子不忍心挤死，放别人脖子那儿，每每听到这段，除会心一笑外，内心偶有一丝愧怍，认为那马善人就是我。

据专家考证，虱子作为一种寄生虫，其生存年代比人类历史长太久太久了，在恐龙生活的中生代，就已经寄生在生物宿主身体上了。虱子在从容不迫地进化繁衍，努力适应新的环境，新的宿主，种子绵绵不绝，一直繁衍到与人类为伍，使人不堪其扰。上至天子贵胄，下至山野乡民，都是虱子的食物源。据说旧社会穷人有三宝——丑妻、薄地、破棉袄，只是这破棉袄实在不敢恭维，因缺乏换季过渡衣物，要穿冬春两季，不仅藏污纳垢，而且极适合虱子安营扎寨；而富人一般都穿绫罗绸缎，表里柔滑，且经常换洗，致虱子常有冻馁之虞。而对于虱子来说，穷人的血和阔人的血，其口感应别无二致，尤其是饿皮虱子，饥不择食，生存在穷人身上比较靠谱，如果让虱子单向选择，相信虱子们也会不约而同地选择穷人，而对于富人则可能会给予"差评"，敬而远之。

虱子与人们是这样密不可分，因此，日常生活里，虱子一词常见诸方言俗语甚至于文学作品，有的还颇具哲理性。秃头上的虱子——明摆着，指问题不复杂，无须多言；为个虱子烧了皮袄，说明因小失大，不值得；虱多不痒，账多不愁，是说债务人欠账太多、压力过大导致精神恍惚麻木；皇上也有两个御虱子，这是普通百姓对自己有虱子的调侃和安慰，其实，在虱子多的年代，皇帝虽贵为天子，如果不讲究个人卫生，真不能保证不生虱子，即使个人注意了，也不能保证太监、嫔妃不生虱子，因为传播路径多，有"御虱子"在所难免。开疆拓土的皇帝，如唐太宗、康熙帝等，御驾亲征四方杀伐，"铠甲生虮虱"（曹操《蒿里行》）是肯定的了。钱锺书小说《围城》中，方鸿渐、赵辛楣、孙柔嘉等去三闾大学教书途中下榻欧亚大旅社，店家铺盖里不仅有虱子，还有跳蚤和臭虫，几个旅伴深更半夜苦练了一把扪虱的本领。

过去生虱子虽然非常普遍，但人的身体上，有了这么一群异类，除了被其咬得奇痒难受，多少还是带给人一些尴尬。所以，人们扪虱的时候，

一般都是悄悄地进行，鲜有大庭广众之下所为，像《阿Q正传》里的阿Q和王胡那样。但有一个时代例外，把扪虱传为美谈。《晋书·王猛传》："桓温入关，猛被褐而诣之，一面谈当世之事，扪虱而言，旁若无人。"王猛，东晋人，相貌英俊，身材魁伟，博学多才。权倾一时的丞相桓温入关（今陕西关中），王猛去拜见了他。当时，王猛身穿粗布衣服，而且很脏，身上还长了虱子。他一边和桓温谈论天下大事，一边满不在乎地伸手入怀，捉身上的虱子。桓温察觉了他的举动，看出王猛是个奇人，说话也鞭辟入里，于是，临走时赐给王猛车马，拜为高官督护。王猛通过扪虱而谈，名声大噪，成了当时的名人，后来乘势而上，投奔前秦皇帝符坚，当了丞相。扪虱，自此成为一种名士风度，对后世影响甚著。唐宋至明清诗词不说，南宋时期的文学评论家陈善《扪虱新话》，书以扪虱入题，且不究陈善写作时有无扪虱，但该书"考论经史诗文，兼及杂事，别类分门，颇为冗琐，诗论尤多舛驳，大旨以佛氏为正道，以王安石为宗主"（《四库全书总目提要》），尽管如此，论述自成一家，多为后学所引。

生活水平提高的标志，就是人们吃得比以前好了，可替换的衣物比以前多了，且逐渐养成讲卫生的好习惯，几十年来，"新三年，旧三年，缝缝补补又三年"的观念已然是过去时。"仓廪实而知礼节，衣食足而知荣辱"，仓廪实、衣食足还带来一个不知不觉的变化，就是虱子无处藏身，最后不辞而别，悄然消失，致当今风雅之人无虱可扪，确是社会发展进步使然也。

段修桂

又见借鸡抱窝

2021年3月的一天，阳光明媚，春风和煦。我到抗美援朝老兵四叔张兆凡家拜访，刚进大门，就看到一只黄色的老母鸡正领着一群小鸡在院觅食，"咕咕咕"叫声不止。见此情景我惊奇不已，六十多年前母亲养鸡的情景仿佛又在我眼前重现。我不由向前靠近了几步，不料那鸡见我面生，竟警惕地向我发出警告讯号，还摆出了一副凛然不可侵犯的架势。在从前农村百姓家用鸡抱窝的现象司空见惯，不足为奇，而今则大为鲜见。于是我问四叔："现在家家都有钱，要想买小鸡很方便，为啥还用这种老办法？"听罢四叔详细介绍，我才知道了事情的来龙去脉。

原来是四婶子有天去近门邻居家串门儿，正好见她侄媳妇逮着一只老母鸡数落："光吃食不媷蛋，赖在家里光抱窝，今儿我要拴上你，看你还有什么辙？"四婶见此情景笑道："侄媳妇，这老母鸡也跟人一样，它要养儿育女，不让它抱小鸡哪能成？"侄媳妇答道："我哪有闲工夫伺候它，拴它几天就忘了，想喂鸡买就是！"四婶连声说："别别别，侄媳妇，我有闲空，你能不能把它借给俺？俺想让它抱窝小笨鸡。"话音刚落，侄媳妇连声答应："行行行！俺今天就借给您，就让它养儿育女去吧。"边说边把鸡递给了四婶。

　　四婶大喜，接过鸡转身回到家中。她要对鸡做进一步观察，看它是否真抱窝。因为四婶知道有的母鸡是抱"谎窝"，暖不了几天蛋，就半途而废。四五天之后，四婶见这只鸡抱窝的主意已定，大有不抱出小鸡誓不休之势。于是，四婶便一步步开始实施她借鸡抱窝的重要计划。

　　首先是选种蛋，这可是关键的关键，其中最重要的条件是所选的鸡蛋必须是受精蛋。这时四婶恰好听到自家的大红公鸡正威风凛凛地站在墙头上，伸直脖子"喔喔"地啼叫，声音是多么嘹亮。她心想，自家鸡下的蛋绝没有未受精鸡蛋，于是，她从中挑选了二十一个又大又鲜皮又厚的鸡蛋，小心收好。又找来一个大小适中的厚纸箱，在纸箱的四个侧面挖了好几个小孔以用来通风透气，在纸箱底铺上一层松软的棉花套，然后把挑好的鸡蛋放在上面，再把鸡放在纸箱中，最后在纸箱上盖一层旧夹被。

　　但见那老母鸡十分舒适地待在"产房"里，小心翼翼地叉开双腿，伸出双翅，蹲在鸡蛋上，夜以继日，专心致志，开始了对新生命的辛苦孵化。四婶也与此同时上岗值班，密切配合老母鸡"优生优育"，精心伺候着老母鸡抱窝。老母鸡不吃不喝不出窝，聚精会神抱小鸡。四婶子也是废寝忘食，一天到晚守在旁边。她掐着手指算又算，一天，两天……每过五天，四婶就把鸡抱出纸箱，然后立即用晒好的棉花套盖在鸡蛋上，借以保持恒温，生怕有半点的闪失。她让鸡赶紧吃饱喝足拉干净，再把鸡放进纸箱子。老母鸡还真聪明，为保证鸡蛋均匀受温，它还时常小心而熟练地用嘴翻动鸡蛋，真是费尽千辛万苦。

　　经过老母鸡精心的孵化，四婶的细心照应，等二十一天一过，小鸡们都争先恐后地破壳了，先用尖尖的小嘴在蛋壳上啄啊啄，终于啄出了小窟窿眼儿，后又逐渐扩大，继而小鸡在蛋壳中用双腿猛地一蹬，用头使劲一拱，翅膀全力一伸，终于依靠自己的努力挣脱出壳，接着就发出"叽叽叽"的叫声，像是在为胜利出世欢呼。一开始小鸡站立不稳，慢慢就硬实起来，一个个崭新的小生命就这样诞生了！此时此刻，四婶看到小鸡已出全，一数正好十六只！但见她脸上道道皱纹一下子舒展开来，露出了无比灿烂的笑容。

　　四婶看着刚刚出壳的小鸡，一个个像毛茸茸小绒球球，这些小生灵各种颜色：白的、黑的、黄的、花的，都瞪着圆圆的小眼睛，一个劲儿地叫唤，活蹦乱跳煞是可爱。四婶看在眼里喜在心里，美滋滋甜丝丝。此时正好从大门外传来了响亮的吆喝声："小鸡……嘹号……买小鸡喽……"声音拖得很长。听到这声叫喊，四婶灵机一动，一个妙计瞬间产生，再买十只，放在小鸡群中。于是，四婶左挑右选，又买了十只小鸡，趁夜间偷偷地把它们放在了老母鸡的翅膀底下，老母鸡竟毫无觉察。从此，老母鸡对买来的小鸡视如己出，尽职尽责，倍加呵护，把全部的母爱都投入其中，白天，教小鸡生活本领，觅食捉虫；晚上，给小鸡暖窝；刮风下雨，把它们护在宽大的翅膀下挡雨遮风。

　　阳春三月，天朗气清。每当朝霞映红四婶家宽敞的庭院，这里便春意盎然，一片生机勃勃。房前屋后，鲜花盛开，芬芳馥郁，鸟儿欢唱，蝶飞蜂舞。庭院里老母鸡的"咕咕"声、小鸡们的"叽叽"声、大公鸡的"喔喔"声、媲蛋鸡的"咯嗒"声、小黑狗的"汪汪"声、黄花猫的"喵喵"声，还有那老两口幸福的说笑声，各种声音交织在一起，好一曲美妙无穷的农家交响乐，好一幅美丽动人的新图景！真让人不禁产生一种身处世外桃花源之感。

　　眼看小鸡一天天长大，老母鸡胜利地完成了自己的历史使命，四婶心想，老鸡早撤窝早媲蛋，时间不能再拖延，得赶快把老鸡还给侄媳妇。于是，她让鸡吃足喝饱，然后抱着它向侄媳妇家走。人还没进门槛，四婶的声已先到了人家的院里边："侄媳妇，俺来还鸡了，多亏怎帮了俺。等俺把鸡养大后再送你一筐新鸡蛋，还要逮几只大公鸡，送给孩子们解馋！"邻居侄媳笑声答："可别忒外气，谁家没个借来往还。俺家的鸡要是再抱窝，要再借用您吱声！""哈哈哈"一阵欢声笑语随着暖风飘出了普通的农家小院，回荡在蓝天白云之间……

2021年7月

久别喜相聚

2018年4月4日，春光明媚，天朗气清。在地处滕州市繁华地段的一个豪华酒店，来了三位老年人，其中一位已年逾古稀，一位已年近七旬，另一位也年过花甲。这正是在四十三年前曾在一起同心协力办学，创出非凡业绩的三兄弟。看他们都已霜染双鬓，头发花白。四十三年过去，弹指一挥间，一见面他们就紧紧地拥抱在一起，继而又相互用力地握着双手，久久不松，脸上洋溢着幸福的笑容，眼里闪动着激动的泪花，一声声深情的问候，就连在座的其他人，甚至是酒店服务员也被深深感染。

这三人之中，年龄稍小的就是当年在大坞高潮农中任民办教师又带着学生张杰同跃龙门的天之骄子张国梁，另外两人则是我与老大哥张玉伦。此时此刻，兄弟久别重聚，自然喜不自胜，心中波涛汹涌难以平静。四十三年前朝夕相处的情景，又一幕幕浮现在脑海之中……有说不尽的千言万语，有道不完的大海般深情，真乃不是同母生，胜似亲弟兄！

昼思夜想的时刻终于来到，盼望已久的聚会今日圆梦。这非同寻常的酒宴，究竟由谁来做东？就是五弟张国梁，是他于百忙之中抽出宝贵时间，专程从济南清风河畔来到龙泉塔前，盛情设宴，款待兄长。国梁弟退休后曾创出许多让人钦佩的骄人业绩，为社会做出许多突出的贡献。他是省内知名的作家与学者，还是外交战线上的政府廉官，国家的栋梁与中坚。他学识渊博，是国际友人交口称赞的"中国辞典"。但是，今天的张国梁竟还是丝毫没变，依然那样谦虚谨慎、低调淡然，在兄长面前，谈笑风生春风满面。

这可是一顿丰盛的酒宴，满桌佳肴美味可口，善国大厨的技艺实在非凡。品陈酿回味悠长，醇正柔润甜；尝新茗沁人心脾，香雾正氤氲。真所谓，持杯豪兴起，开怀共畅饮，兄弟喜相聚，其乐无穷尽！这是精神与物质文明的充分享受，这是最兴奋、最激动、最幸福的时刻。

国梁五弟的盛情厚意，让为兄激动万分。我情难自抑，只想倾诉肺腑之言，一吐为快，特当场赠送国梁弟几句诗文，尽管有班门弄斧之嫌，也不管平仄对仗。虽为拙作，但见真情，特奉读者，贻笑大方。

赠国梁

兄弟情谊深，心心两相印。

梦中常相聚，醒来不见君。

惜别四十载，喜逢在今春。

凝神细端详，白霜尽染鬓。

五弟功名就，仍不忘初心。

此时享盛宴，叙旧共话新。

品茗忆沧桑，开怀饮甘醇。

但愿人长久，天涯若比邻。

珍惜手足情，友谊天地存。

2020年4月

开学第一天

　　金风送爽，硕果飘香。又到了一年一度令人关注的日子——9月1日开学第一天。这一天，最热闹的地方，莫过于各级各类学校的校园。尤其是小学一年级新生们日想夜盼，终于在这阳光灿烂的日子第一次跨进了小学的门槛。看一个个女孩打扮得活泼靓丽，让家长牵着自己的小手，是那样地兴高采烈；男孩子们开心蹦跳；再看看孩子们的家长，一个个脸上露出幸福的笑颜，心里像喝蜜一般。是啊，孩子们从咿呀学语步履蹒跚，到幼儿园小中大班，家长们一直就盼望这一天。就在这一天，爸爸的希望，妈妈的期盼，还有爷爷奶奶的美好祝愿，鼓鼓囊囊全把孩子们的新书包塞满。而我作为许多入学儿童爷爷中的一员，当然也不例外，喜上眉梢、皱纹舒展，也跟着孙子在开学第一天，来到了校园，要和孙子共同体验一番。

　　此时，面对此情此景，我的思绪又飞回六十年前……

　　那也是开学第一天。那时爹娘都在忙种田，我上学并没有父母来陪伴。只有哥哥领着我，背着新书包，高高兴兴地去校园。我那时的新书包，虽然不像现在孩子们的那样时髦新潮，但它的来历却不一般，是俺娘在夜深人静的夜晚，不顾繁重劳动后的疲倦，在微弱昏暗的煤油灯旁边，用平时好不容易积攒的五颜六色、形状不一的碎布片，一针针一线线，精心地拼凑缝连，几乎忙到鸡叫三遍，才让我有了这上学的第一要件。

回头再看看我孙子的书包可不一般，这是他姑姑把大超市跑遍，精心挑选，才看中的一款，把它作为最有意义的礼物，专门送到我孙子的手中，并且还要加上几句："你喜欢吗？要是不喜欢，姑姑再给你去换。"打开新书包，文具盒、水彩笔、作业本、铅笔、橡皮、转笔刀，一应俱全。

看到这一切，不禁想起我从前。那时我的书包里，内容很简单。只有一块用青石做成的小石板，厚薄如普通玻璃一般，其表面平滑，呈长方形，四周用木条镶边，不大不小正好装在书包里，小石板两面都能用。另外还有小石笔，是用白色软面石加工而成，呈四棱柱体，长短似粉笔，但比粉笔细且坚硬些。那时无本可用，作业本就是这块小石板，上课时就用它写拼音、练汉字、列算式。待写满石板，让老师检查完，再用自制的小板擦轻轻擦一遍，字迹全不见。但它有一个大缺点，就是太脆易碎。记得有一天，我不慎被绊倒，石板被摔成两瓣，心疼得我擦眼抹泪好半天，生怕父母知道了会抱怨。就是这块小石板，伴我度过了难忘的童年。

随着年级的升高，我终于有了作业本，但在那用鸡蛋换盐的年代，为了节省用纸，我把作业本利用到极限，尽量把字写小，用完正面用反面。

平时无本做练习，学习起来很困难。记得有一年秋天，我看到大白杨、梧桐树上随风飘落的鲜黄树叶，一片片油光发亮，当时我突发奇想，能不能当纸用，帮我把字练？捡来试一试，咦，还真管用！以后我就常捡树叶当纸用，乐此而不倦。别的同学也觉得挺新鲜，争相模仿，着迷一般。这真是：天落黄金叶，学子忙拾捡。寒窗苦并乐，此趣难尽言。

无独有偶，后来我又有了新发现，是空烟盒给我带来了灵感。那时我常见空烟盒被人丢地面，我想树叶哪比烟盒皮，废物不用多遗憾。于是我随时多留意，发现目标就去捡。然后拆开展平，一张一张天天攒，再用针线把它们订成本，一到用时顺手拈。字词默写、数学演练、作文打稿，实用方便，学习成绩有了提高，各科成绩名列前茅。

　　一串串欢声笑语，又把我拉回现实。放眼望去，学校大门端庄气派，门外场地宽阔平展；行行绿树枝繁叶茂，朵朵鲜花争奇斗妍；红色的教学楼雄伟壮观，"让每一个孩子绽放生命的精彩"十三个大字分外抢眼，这是学校坚持的办学理念。

　　走进校园，处处草木葳蕤，一派生机盎然，就好像进入童话世界一般，真是风景这边独好，令人流连忘返。再往西边看，现代化标准大操场，坦荡如砥，红绿相间。红的是塑胶环形跑道，其上道道分外醒目的白线在阳光下银光闪闪，绿的是高标准球场，如草坪似地毯，踩上去是那样的舒适柔软。进入教学楼，一间间宽敞的多媒体教室、配备齐全的功能室，让我增长了见识，大开了眼界，不禁连声惊叹，好似刘姥姥走进大观园，满眼新奇看不完。

　　学校规模之大，教学设施完善、功能齐全，堪称一流。这里师资过硬，个个精兵强将；管理精细规范，善国领先。这里培养的学生全面发展、体魄健全、成绩斐然。孩子们能在这里上学，可真是三生有幸，他们赶上了这千载难逢的好时代，比起我的童年简直天地之间。

　　置身于孩子们成长的乐园，目睹他们沐浴着阳光雨露健康快乐地成长，我深受感染，我由衷地祝愿：孩子们快快长大、不负期盼，早日成为祖国栋梁，为国为民做出更大贡献。我坚信，有更优秀的下一代接班，共和国明天一定会更加辉煌灿烂！

2019年8月20日

《得利图》的启示

　　我们教室的墙上挂着一幅寓意深刻发人深思的漫画——《得利图》。画面上，有两个少年，其中一个正驾着努力学习的航船，在知识的海洋里挥汗如雨，用力撒开大网，捕捉着那象征着知识的大鱼，脸上露出胜利者的喜悦神情；另一个少年，正在岸边盘腿而坐，袖手旁观，他双目圆睁，看着别人满载欲归，而自己却空空如也，他涎水欲滴，脸上露出十分羡慕的神情。

　　这幅漫画，给了我一个深刻的启示：在知识的海洋里，只要扬起理想的风帆，奋力游渡，勤奋好学，刻苦努力，就一定能到达知识的彼岸，得到知识的珍宝，获得优异成绩。相反，如果只是望洋兴叹，"临渊羡鱼"，而不努力学习，其结果必然是两手空空，一无所获。

　　要想学习真正的知识，就必须坚持不懈、锲而不舍、勤奋学习，要知道，知识老人对我们每一个人既慷慨大方，又小气吝啬，只要你下功夫学习，知识老人就会给你丰富的知识，让你成为一个博识的人。你看画中的那个敢于在知识海洋中遨游的少年，不是用他辛勤的汗水换来了丰硕的劳动成果，而那个可怜的小懒汉，却成了一个一无所获的人吗？

　　无数事实告诉我们，要想获得丰富的知识，取得优异成绩，必须靠自

己辛勤的劳动和艰苦卓绝的努力。试想，古今中外，哪个有成就的人不是这样呢？无产阶级的革命导师马克思，曾经研究了一千五百多种书，并做了提要，花了四十年的时间才写出了《资本论》这部经典著作；苏联伟大的无产阶级文学家高尔基，曾生动地形容了自己读书时的情形——"我扑在书籍上，像饥饿的人扑在面包上一样"；唐代诗人白居易幼年好学，他"攻文朝矻矻，讲学夜孜孜"，读书读得口舌生疮，写字写得手肘成胝，因而十六岁就写出了像"野火烧不尽，春风吹又生"这样千古传诵的诗篇；中国"当代保尔"张海迪，在高位截瘫的情况下，排除万难，以惊人的毅力和钢铁般的意志，在病床上自学了小学、初中、高中的全部课程，取得了优异成绩，同时她还自学了好几门外语，翻译了十几万字的外文资料，成为我们学习的榜样……像这样的例子，真是不胜枚举。他们之所以取得这些成就，为人类做出贡献，难道不是他们用辛勤的劳动换来的吗？

因此，我们每一个人都应当从这幅漫画中得到启发和教益，一定要胸怀大志、脚踏实地、刻苦学习，要做敢于在知识的海洋中扬帆划桨、乘风破浪、奋勇前进的人。不做胸无大志，只会羡鱼、不肯结网的人。丰富自己的头脑，为祖国的社会主义现代化建设贡献自己的聪明才智。

1983年5月4日

春 雨

阳春三月，一连几天的东南风，给碧蓝的天空，扯来了一幅巨大的灰色幕布，遮天盖地。

看样子，一场春雨就要降临了！

人们仰望着阴云密布的天空，盼望着，等待着，这滋润万物的春雨。

忽然，"轰隆隆"的声音从天际滚滚而来，像天公擂起了万面战鼓，使人们的精神为之一振。"啊！春雷！"我不由得惊叫了起来，这是1979年第一声春雷！这是使万物苏醒的春雷！这是引来春雨普降的春雷！春雷中，鲜花张开了笑脸，杨柳吐出了花絮，百鸟展开了翅膀，春苗挺起了腰杆。啊！大地上的一切都在渴望着这洒满人间的春雨！

春雷滚滚震天地，春风阵阵催春雨，即刻，一股凉爽而清新的空气扑面而来。"沙，沙，沙……"啊，春雨终于按照万物的意愿，乘着春风，伴着春雷，降临了，降临了！

人们都说春雨的景美，你看不是吗？春雨宛如万根银线交错斜织着，铺天盖地，漫无边际地飘洒下来，天地间，一片雨雾茫茫，只听到"沙沙沙"的声响。点点入地的春雨，洒在地面上，好像浇了一层油，明汪汪的。渐渐地，地面上的小坑洼里积满了雨水，雨滴不断地溅起细小的水

花；屋檐上，雨水像断了线的珍珠从上面掉了下来，屋檐下被砸出了一个个小水坑……

春雨中，青松挺起了坚强的躯体，是那样的苍劲挺拔；杨柳轻轻地随风摆动着那柔软的枝条，是那样的婀娜多姿；鲜花绽开着幸福的笑脸，是那样的鲜艳夺目；春燕展翅飞翔在雨雾之中，是那样的自由欢快；春苗张开嘴巴吸吮着这春天的甘露，是那样的碧绿可爱……大自然的一切，在春雨中，都是那样生机盎然、繁荣兴旺！

喜看着面前密密的雨丝，细听着耳边"沙沙"的声响，深吸着周围清新的空气，一股说不出的喜悦涌上心头，我不由记起了杜甫的两句诗："好雨知时节，当春乃发生……"是啊，"春雨贵如油"，她是人间的甘霖，她是大自然的恩赐，她是母亲的乳汁。她能使万物复苏，她能使山清水秀，它能使人民欢乐幸福！有谁不喜欢这适物宜人的春雨呢？

春雨在尽情地下着，"沙，沙，沙……"

透过这密密的雨丝，我心驰神往。我想到了在春雨之中的伟大祖国：塞北的松苗一定会更苗壮了吧；江南的春笋一定会破土而出了吧；高山上的梯田一定会更绿了吧；油田支架上的红旗一定更红了吧；东海长江的春潮一定会涨起来了吧；祖国大花园里的千花万卉会一定会更鲜艳了吧！

透过这密密的雨丝，我仿佛看到：在春雨之中，有多少人在手捧着报纸轻轻细读；有多少人在怀着激动的心情畅谈国家的各项政策给人们带来的幸福；有多少人挥着饱蘸浓彩的画笔为伟大祖国的春意泼墨添彩？

春雨在尽情地下着，"沙，沙，沙……"

这春雨呀，点点滴滴，飘洒在祖国江南的水乡、塞北的森林、东海的岛礁，她洗净了满天的尘埃，冲刷了遍地的灰土，赶跑了冬天的严寒。在春雨中，看我们伟大的祖国，山更青了，水更绿了，地更新了，花更艳了！

这春雨呀，点点滴滴，下在了各族人民的心田，给人民带来了欢乐，带来了希望，带来了新生，带来了幸福！

　　这春雨呀，就是时代的春雨，革命的春雨，党中央洒下的春雨！有了这春雨，江河才不会干涸，土地才如此肥沃，万物才这样兴旺，祖国才这样壮丽，人民才这样欢乐！

　　看啊！九百六十万平方公里的土地上，春意盎然，春风浩荡，春雷滚滚，春潮澎湃，春雨普降！

　　春雨呀，你尽情地下吧，下吧……

1979年4月1日

秋　色

金色的太阳普照大地，

金色的雁群展翅高飞，

金色大地五谷飘香，

金色的十月美景无比……

这正是对秋色的赞美与概括。请看一看，这金秋美景吧！

秋天的田野里，到处呈现出一派动人的丰收景象，简直是一幅神笔难绘的图画。

人民公社的社员，正怀着无比喜悦的心情，忙着收获。看，玉米地里，小伙子们，还有头上顶着花毛巾的姑娘、媳妇们，嘴里正哼着丰收的歌儿："金灿灿，黄澄澄，公社一派丰收景，幸福的歌儿唱不尽，社员个个喜盈盈。"

愉快的歌声随风飘荡，他们正快速地掰着玉米。看，这是什么样的玉米哟！一个个结得又长又粗又大，足有一尺多长，简直像一个个"金棒槌"。人们来来往往，把掰下来的"金棒槌"运到地头上。转眼间，一座"金山"平地而起，在金色阳光的照耀下，黄澄澄、金灿灿。"金山"旁边，生产队会计手拿着分配方案，"噼噼啪啪"地拨动着算盘珠，好像正弹着一支喜庆丰收的曲子。紧接着，又是一群姑娘、媳妇们把"大金山"分成一座座"小金山"，上边插上鲜红的纸条"张三家一千五""李四家二千三"……

顽皮的儿童们，爬上一座座小金山，双臂抱起几个大"金棒槌"，在尽情地蹦啊、跳啊、唱啊、笑啊……小伙子们，挥起粗壮的手臂，把"小金山"装到车上，拉到家中……

再看看家家户户的庭院里，玉米来不及脱粒，屋里屋外、窗台墙壁、树上树下，连晾衣服的绳条上全挂满了"金棒槌"。村子里每个角落都被金黄色主宰着，真是成了一个金黄的世界。

人们望着到处挂满、摆满的玉米，收敛了笑容，皱着双眉，推开两臂，为难地说："哎呀，囤冒尖，粮满仓，里里外外是金黄，这么多粮食往哪放，不如想个好办法，快向国家交余粮……"

看，生产队的场里，扬场机正张开嘴巴，一个劲儿地吞吐着金色的大豆，好像金色的瀑布从空而降，豆粒儿又大又圆，在金堆上骨骨碌碌地滚动着，然后被装进崭新的麻袋里，等待着用拖拉机送到国库，装进粮仓。

听，催阵的战鼓，又在金色的十月敲响！社员们抓紧这黄金般的时光，抢收又抢种，又播下金色的良种，正用闪亮的汗珠，去换回明年金色的麦浪。

啊！看到这金色十月的动人景象，怎能不让人豪情满怀、心潮激荡？怎能不让人意气风发、斗志昂扬？

我要挥笔描绘、高声赞美这金色的十月！

1979年10月12日

冬 雪

入冬以来，雨雪甚少，人们都盼望着下一场大雪。

正遂人意，就在元月十一日，天阴阴沉沉，铅灰色的云层布满了天空。云越积越厚，越来越浓，天空好像压低了半截。这一切，将向人们预示着：大雪即将来临。

果然，就在人们吃过早饭的当儿，昏暗的天空零零星星地飘下了小雪叶儿，像细细的粉末纷纷落在地面上，但它并没有存住，立即被融化了。不一会儿，只听得"沙沙沙"的极细微的响声，雪，又像细小的盐粒儿，从空中撒了下来，在地面上蹦蹦跳跳地滚动着。人们都惊喜地异口同声说："下雪了！下雪了！"一些天真烂漫的儿童们，从屋里跑了出去，高兴得蹦蹦跳跳，扬着被寒气冻红了的脸蛋，仰望着雪花飞舞的天空，雪像有意给孩子们开玩笑似的，扑头打面，落在他们的脸上、脖子里……这时，雪来不及融化了，在地面上落了薄薄的一层，白茫茫的。又过了一会儿，雪由原来的小颗粒变成了鹅毛团，乘着东北风从空中飘落下来，纷纷扬扬。这时，你就看吧：辽阔无垠的天空，到处飞舞着雪花，像千万对白色蝴蝶翩翩起舞，又像千朵梨花、万朵柳絮随风飘落，又像秋天田野里的棉朵从空而降。雪，有的落在墙头房顶上面，有的落在各种树木的身上，有的落在大街小巷，更多的还是落在山川平原之中。这时，你如果站在高处，举目远眺，天地皆白，莽莽苍苍，浑然一体，恰似银色世界。这真是：雪飘万里遍天涯，壮丽景色难描画。此刻，我不由想起："北国风光，千里冰封，万里雪飘……"那气势磅礴的诗篇。

出神地望着漫天飞雪，我心潮澎湃，浮想联翩。我仿佛看到：在风雪中，大庆工人正大干在"隆隆"的钻机旁边；大寨的人民正奋战在虎头山上；勘探队员正转战在林海雪原；登山运动员正高举红旗向"珠峰"登攀；科技工作者正攻克着一个又一个难关……

望着这漫天的飞雪，我想了很多很多、很远很远。人们常把这冰雪作为险恶环境的象征，它考验着人们的精神和意志。人们也常用最优美的诗句，来赞美那在风雪中傲然挺立的青松，那盛开怒放的红梅，不是吗？你看，就在这冰天雪地之中，青松是那样的挺拔，红梅是那样的俊俏。

我望着这漫天飞雪，又想到了赞美雪花的诗句：雪本耐严寒，色白花无味，却比玫瑰香，更比牡丹美。雪花的生长，靠什么栽培？是万里的风暴，九天的云水，它那六角花瓣，闪着战斗锋芒。它一身洁白，不容半点污黑，它百花谱上不留名，一生无私又无畏……

望着这漫天的飞雪，我想到还能把自己化成春水，滋润着大地，使万物生长，百花盛开，芳香扑鼻……

这雪，确实太可贵了！

风雨送春归，飞雪迎春到，透过这漫天的飞雪，我看到一个万紫千红的春天正信步向人间走来。

雪，整整下了一天一夜。翌日清晨，风止雪停，万里晴空、旭日东升、朝霞万朵、五彩缤纷，祖国大地红装素裹，分外妖娆。

啊！这真是一场好雪！

1979年1月12日

《古树心语》读者点评采撷

　　为进一步提高全社会的古树名木保护意识，弘扬森林生态文化，推进美丽枣庄建设，枣庄市林业和绿化局、枣庄日报社、枣庄市新闻记者摄影协会于2019年3月18日至6月30日联合举办了"古树传奇　美丽枣庄"故事、图片征集活动。作品要求：故事作品题材不限，文稿内容应围绕古树名木，包含古树特征、民间传说、遗闻拾趣，以及介绍古树与当地乡情乡俗、民间传说、佑土保民等相关的人文资料皆可。可配上3～5幅体现其风采特点的图片，字数不少于一千字。故事征集设一、二、三等奖和优秀奖。一等奖三名，奖金一千元；二等奖五名，奖金八百元；三等奖十名，奖金五百元；优秀奖二十名，奖金二百元。本次活动，邀请相关专家组成评委会，本着公平、公正的原则，对征集到的符合参赛要求的作品进行评选。通过反复认真地评比，《古树心语》被评为一等奖，于2019年10月17日公布于众，得到了广泛好评，现摘要如下。

　　张光庆（三级教授，现任枣庄市传统文化艺术促进会会长，枣庄市稷丰生态农业研究所原所长、中央农业广播电视学校枣庄市分校原副校长）：太好了，太好了，太好了……古朴厚重，老师功力不减当年！

　　张彪（中华姓氏文化研究会会员、山东省民俗学会会员、山东省民间文艺家协会会员、滕州市民间文艺家协会秘书长）：二老爷的文章字字珠玑，令人佩服！

张玉洲（滕州市发展和改革局原副局长、滕州市工业和信息化局原副局长、滕州市企业国有资产经营有限公司原总经理）：此文是从全枣庄市一二百篇文章中由权威人士集体评出，也为张氏家祠增加亮点，恭喜获奖！

张光坦（《大坞张》主编、滕州市张氏祠堂文物保护与传承协会会长）：文章真好！感人肺腑！具有收藏价值！文章可留几份家祠存档！

张崇银：《古树心语》一文记载了历史……值得品味。

张彬（清华大学公共管理硕士，现为三级调研员）：力作拜读，一棵树写出了大历史。您是家族的文脉中坚，向您学习，向您致敬！

杜衍祥（中学高级语文教师）：首先祝贺老同学征文获奖，作为你的同窗好友，为你骄傲和自豪！拜读大作，深感实至名归。

魏丹宁（华东政法大学在校研究生，曾获滕州"小文豪"光荣称号）：得了一等奖！姥爷投稿时就有预感要获大奖，太棒了！祝贺您！

以上只是一部分，不再选录。

2019年10月29日

《小小茶馆总关情》读者反馈

　　《小小茶馆总关情》一文在《善国文化》《滕州日报》《滕州工作》及滕州精神家园微信公众号相继发表后，得到了许多读者热切关注，引起了不少人的阅读兴趣。特别是大坞一带的故交与亲属看了以后，更激起了强烈的感情共鸣。尽管文章写的是乡村记忆的点点滴滴，反映的却是绵绵的乡愁，抒发的是浓浓的乡情，流露的是悠悠的乡思。无论你离家多远，无论你贫穷还是富有，故乡情总是难割舍。人活在世，最想倾听的是乡音乡韵，最依恋的是家乡的山山水水、一草一木，最长忆的是家乡的父老兄弟、东邻西舍，最难忘的是家乡的风土人情、古往今昔，这一切的一切都会让人魂牵梦绕心潮起伏。看罢文章后，他们纷纷通过微信同我交流，畅谈读后感想，进行热情地点评。在此，特撷取部分点评，择要请朋友们分享。

　　司民（中学高级教师、山东省作家协会会员、滕州市善国研究会顾问）：亲身经历，所以信手拈来，就妙笔生花；人物活在心里，所以无论概述还是细描都精到传神；笔端蘸满情感，所以字里行间，情真意切；用家乡话写家乡人，所以亲切、质朴、感人。张老师这篇文章写得真好。

　　段修桂（现任滕州市善国文化研究会顾问、济宁市孔子文化传播促进会理事、滕州市华夏文化促进会会员）：《小小茶馆总关情》，二哥是下了很大的功夫，应该构思了很长时间，信息量很大，给人以真实感，历史跨度感，很成功！

杜衍祥（中学高级语文教师）：老兄的文章已形成了一种独特的风格，读时有身临其境之感，读后感到很舒服。当然，这主要得力于师兄的老练成熟的文学功力。

张光庆（三级教授，现任枣庄市传统文化艺术促进会会长，枣庄市稷丰生态农业研究所原所长、中央农业广播电视学校枣庄市分校原副校长）：大开眼界！茶炉、老槐树、旧风箱、棋盘、京剧！还有茶馆精神！谢谢叔叔让我分享！

张玉洲（滕州市发展和改革局原副局长、滕州市工业和信息化局原副局长、滕州市企业国有资产经营有限公司原总经理）：《小小茶馆总关情》经过你精心构思辛苦创作，再加上作家国梁兄的精心修改与打磨，再现了那个时代百姓生活的一个真实场景，读来让人如临其境。文章小中见大，一个"情"字贯穿全文，特别是结尾"……使我在任何情况下，都能用一种平常心笑对人生"画龙点睛，突出了主题，含蓄而深刻。文章启示人们，无论何时何地，都要笑对人生，乐观向上，这是战胜一切困难的良方妙药。

张彬（清华大学公共管理硕士，现为三级调研员）：文章写得真好，文笔优美。我已把此文转到了我们家族的微信群，我大娘、大姑、明哥、鑫哥等都能看到您的大作。通过您的大作，我们也能了解一下我家的历史。文中把吾家历史娓娓道来，很有大家风范，里边提到了大爷挑水那段写得真生动，我们读了感觉很亲切，这就是我家的历史啊！

王锐（北京师范大学毕业，张彬之妻）：文章写得特别好，文风清新自然，不亚于大家手笔！

张光明（上海电力大学毕业、电气工程师）：文章写得真棒！特别是最后一段，老爷爷对子孙的谆谆教诲，点到了张家祖传的家风，很传神。

谢谢您写了这么精彩的回忆录。我妈也会看到这篇文章，也一定会读给爸爸听。我们要继承发扬茶馆精神，努力工作，为家族争光，为国家做贡献！

杨强（滕州市供销合作社办公室主任）：文章写得很有画面感：大槐树、茅草房、茶棚子、光滑的青石，还有一群闲聊的老人……好生动的国画素材！特别是对精心修改后的文章，我们全家人争相传阅。尤其是我姥爷和妈妈，他们作为亲身经历者，看罢都一致认为：真实还原了那段家史，高度赞同！姥爷说真得好好谢谢你！他还嘱咐我们后辈要好好了解那个时代老辈人的精神生活。人物描写形象丰满、细腻传神，文笔优美，一幅幅画面活灵活现，生动地展现在了眼前，是让家人世代传阅的佳作。

张光艳：读罢此文深受启发。一篇好文就是要给读者留下想象的空间，不能把话说尽。就像一杯香茶，不可一饮而尽，要留有袅袅香气、缕缕热气，要有意境，语言要含蓄，耐人回味。这篇文章，经过进一步修改，比原稿好多了，达到了形散神聚。描绘出了一幅充满烟火气息的市井图。你有对生活细致的观察力，有丰富的生活阅历和丰富的生活积累，文笔流畅，能准确表达出内心的感受。如以后你的文章能有更深度地挖掘，多写写人生思考和领悟，就更是上乘之作了。至于我，只不过是"纸上谈兵"，若让本人亲自"操刀"，那真是一个字也写不出来。

对于以上读者对文章的过誉之词，本人实不敢当。因为我深知水平有限，写出来根本不是什么佳篇，而是拙作。但我确实也从中受到了鼓舞，使我更增了信心，谢谢他们的点评。

诗词篇

古槐吟

一方圣土，雨露滋润。
有株国槐，植地生根。
历史久长，悠悠千春。
遥想宋祖，赵氏匡胤，
一朝登基，天下为君。

凫阳大地，著民欢欣，
特栽此树，以表忠心。
张氏先祖，天赐良辰，
近槐建祠，得树幸甚。
从此古槐，又焕青春。

四季轮回，时时皆新。
春雷阵阵，古槐振奋；
盛夏酷暑，一片绿荫；
金秋送爽，硕果诱人；

隆冬降临，遒劲十分。
美哉古槐，胜景无尽。

壮哉古槐，好精气神，
不畏艰险，顽强坚韧。
狂风骤雨，电击雷震。
烈焰升腾，热浪滚滚，
冰雪严寒，霜剑利刃，
倔强挺立，威风凛凛。

可歌可颂，可敬可钦。
古槐古槐，瑞祥之神，
吉兆象征，恩赐后人。
家族有槐，庇佑子孙，
世代兴旺，百福并臻。
祝愿古槐，永葆青春，
生机无限，万古长存。

2019年2月

游子与古槐

提起故乡的张氏祠堂，

谁没有深刻的印象？

那里生长着一棵大古槐，

名声天下远扬，

都说它在世上活了好几代，

甚至比传说的还要久长。

谁不记得在古槐树旁，

曾有位老爷爷白发苍苍，

常常把古槐的故事一遍遍来讲，

说它饱受磨难历经沧桑，

说它日夜守护着祠堂。

如今游子身在异地远方，

还常常思念自己的故乡，

每每听到熟悉的乡音，

就倍感亲切心潮激荡，
总要细打听问端详。

尤其是那棵大古槐，
如今又变成啥模样？
于是有关它的故事，
又重新在游子耳畔回响。

啊，祠堂内的大古槐，
游子们不管走到哪里，
也没有把它遗忘。
愿古槐树青春常驻，
永远庇佑我的家族世代兴旺！

2020年1月16日

致五弟

良师益友好兄弟，
助吾出书尽全力。
字斟句酌复推敲，
精雕细刻工用极。

受人之托忠人事，
至信至诚有大义。
才高德懿称楷模，
美名佳誉传闾里。

礼赞大坞张

一脉书香留善国，
百年祖德继容城。
三朝英烈千古垂，
五世清官万人颂。

祠堂阶前立旗杆，
举人拔贡耀楣庭。
凫南名门出贤俊，
滕西望族多精英。

优良家风辈辈传，
一代更比一代胜。
笑看后昆志凌云，
大鹏展翅九霄冲。

挥笔礼赞大坞张，

盛世直抒家国情。

但愿吾族愈兴旺,

更祝中华永繁荣!

2021年10月2日

欣慰与感动

那是二〇一八年，
有一个夏日热浪翻卷。
突然之间，
电话里一个充满磁性的声音，
清晰地响在我的耳畔：
"老师，您好！
多年不见好想念，
今天特来把您看。"

我兴奋不已开门迎，
擦擦眼睛仔细辨。
原来是我的俩学生，
当年曾在一个班。
他们是张波和玉春，
看头发花白鬓霜染。

我一下子打开了记忆的闸门，
四十年前情景在脑海中浮现。
原来他俩曾跟我上过学，
后来都荣登金榜名声显。
如今一个是名副其实的工程师，
业绩突出有才干；
一个是大学校长和教授，
工作在南京晓庄学院。

今天他们约一块儿，
不畏路远烈日炎。
捧着一颗滚烫的心，
满怀一腔深厚情感，
还带着一些贵重礼品，
恭恭敬敬面前站。
紧握我的双手不放，
眼圈儿发红泪花闪。
嘘寒问暖声连声，
千恩万谢道不完。

此时此刻的我啊，
心潮难平感慨万千。
当年我教他们仅两年，
现对我情深大海般。
不畏山水隔，
不怕路遥远。

风尘仆仆而来，
热汗浸湿了衣衫。
昨日远在天涯外，
今朝近于咫尺间。
师生心心紧贴紧，
山水道道无阻拦。

啊，世上有多少这样的学生，
怀师感恩初衷不变，
滴水之恩报以涌泉。
"羊羔跪乳"诚可贵，
"乌鸦反哺"堪称赞。
琼琚、琼瑶稀世宝，
比不上桃李无价缘。

执鞭为师多荣耀，
青出于蓝而胜蓝。
欣慰感动难言尽，
夜阑梦中笑声甜。
天道酬勤有好报，
立德树人善长伴。
但愿师生情愈深，
共续新篇永流传！

2021年9月10日

献给中国教师节（诗二首）

（其一）退休教师喜迎教师节

金秋风送爽，硕果飘清香。

喜迎教师节，老朽倍欢畅。

桃李满天下，届届出栋梁。

中华美梦圆，国强世无双。

（其二）拜读段修桂《我的老师张九韶先生》有感

有幸得名师，蒙教成高徒。

感恩吐真情，字字发肺腑。

投桃报琼瑶，古来多典故。

今日续美篇，佳话传千古。

看《夺冠》赞女排

中国女排，

我为您喝彩！

是您胸怀祖国放眼世界，

创造了人间奇迹，

夺取了金牌块块。

让鲜艳的五星红旗，

在国际赛场高高飘摆。

让雄壮的国歌旋律，

传遍五洲四海。

让全世界惊叹不已目瞪口呆。

让中国人扬眉吐气心潮澎湃。

啊，中国女排，

是您发扬了中国精神，

勇敢拼搏斩关夺隘，

顽强战斗永不言败。

是您扎扎实实勤学苦练，

团结奋进共同对外。

是您无私无畏勇攀高峰，

显示了中国人的英雄气概。

是您坚韧不拔百折不挠，

亮出了中国人的精神风采。

啊，中国女排，

您是当之无愧的巾帼英雄，

您是全国人民奋斗的标杆，

您是民族精神的精髓所在。

是您给了国人自豪、自尊和自信，

让我们在新征程上更加坚定豪迈。

请女排姑娘们看——

中华大地从西域到东海，

从雪原到椰寨，

女排精神正开花结果，

香飘云天外……

2021年3月7日

为纪念"三八"妇女节而作

167

世界读书日有感

亲爱的朋友，

也许你早就知悉，

四月二十三日有着怎样的来历。

有个古老的传说是那样美丽，

在西班牙的加泰罗尼亚地，

曾有一个漂亮的公主在危难之际，

被一位英雄救起。

为报答救命之恩，

公主将一本宝书作为重礼，

捧着赠送到勇士手里。

从此书就成了知识力量的象征，

让全球人倍加尊崇与珍惜。

书，就是人类进步的阶梯，

能让你在科学之路登峰造极；

书，就是光芒万丈的灯塔，

会让你的人生航线不偏不离；

书，就是取之不尽的力量源泉，

会助你把大山搬移；

书，就是远航的大船，

会载你通向大洋之彼；

书，就是金光闪闪的钥匙，

会将你的智慧的大门开启；

书，就是饥饿时的美餐，

会让你吃饱喝足充满体力；

书，就是致富奔小康的真经，

会让你更加富强无比；

书，就是生命的保鲜剂，

会让你青春最美丽；

书，可改变你一生的命运，

会让你一步步迈向胜利。

读书吧朋友，

为了中华民族的复兴崛起！

我们必须不失良机，

攻坚克难只争朝夕，

读书读书再读书，

学习学习再学习。

看今日的神州大地，

一个读书的热潮正在掀起。

在机关学校军队营地，

在城市乡村图书馆里，

到处晃动着读书人的身影，

到处留下了攀登者的足迹。

看！一个书香浓郁的社会环境已形成，

一个学习强国在世界东方巍然屹立。

中华民族正在学习中高歌猛进，

一条巨龙身披朝霞正腾空而起！

2020年4月23日

书斋吟

——为彦全兄而作

吾兄有书斋，内藏多经典。

文史歌与赋，欲阅信手翻。

茶浓润肺腑，墨香醉心田。

书山勇攀登，学海任扬帆。

老牛志耕耘，奋蹄勤为先。

伏案作锦文，敲字珠玑连。

返老还青春，鹤发映童颜。

夕阳无限好，晚霞何灿烂。

2021年3月5日

贺乔迁（诗二首）

适逢亲家即日乔迁，不胜欣喜，特赋诗二首，以表庆贺！

（其一）

金秋逢佳期，移居涵翠苑。

嘉宾聚一堂，欢声笑语连。

品茗话沧桑，把酒尽开颜。

恭贺乔迁喜，幸福乐无限。

（其二）

乙未好事连，吉日喜乔迁。

置身华之庭，心旷神怡然。

凭窗赏胜景，挥毫续新篇。

宾客共祝福，家兴美梦圆！

2015年10月17日

故乡行（诗三首）

回老家大坞小住了几日，所见所闻感慨不已，故吟之。

（其一）生态家园气象新

生态家园气象新，处处美景醉煞人。

街道宽阔平如砥，绿树环绕成浓荫。

家家院内果蔬鲜，户户门外花似锦。

脱贫攻坚同富裕，百姓圆梦谢党恩。

（其二）新农村即景

万道彩霞伴朝阳，农村一派新气象。

不见千家炊烟袅，但闻万户饭菜香。

待到夜幕徐降临，忽听广场琴声扬。

庄户剧团来送戏，引来村民掌声响。

（其三）邻有书房

邻人有书房，藏书百千强。

精神食粮多，晴耕雨读忙。

农闲学海游，品茗闻墨香。

开卷乐无穷，诗书继世长。

2020年7月20日

春日重逢

——回学友杜衍祥

兄弟情谊深，喜逢在暮春。

凝神细端详，白霜尽染鬓。

品茗忆沧桑，叙旧共话新。

待到疫情后，开怀饮甘醇！

附杜衍祥原诗：

与玉川同学市民公园约见

日丽风惠游园秀，与君相约喜聚首。

青丝已去霜染鬓，情义犹存飞眉头。

临风笑谈阖家乐，品茗共叙离别愁。

流水不因山石阻，疫情过后醉酒楼。

2020年4月27日

儿歌四首

试写了几首儿歌，让爷爷奶奶、姥姥姥爷教教孙子孙女、外孙子外孙女，也是天伦之乐！

（其一）

石榴花开红似火，一朵一朵又一朵。

待到秋来金风吹，笑剥玛瑙尝鲜果。

（其二）

山楂花开满树白，片片绿叶迎风摆。

引来蜂蝶舞翩跹，转眼红果笑颜开。

（其三）

愚公大桥真漂亮，好像彩虹卧波上。

水中鱼儿游啊游，桥上汽车来又往。

（其四）

太阳出来明晃晃，照得屋里亮堂堂。
奶奶戴上老花镜，穿针引线刺绣忙。

2020年6月7日

游扬州瘦西湖

2020年9月22日中午于秋雨中游扬州瘦西湖，饱览胜景，有感而发。

美，扬州誉满海内外。

瘦西湖，魂绕梦千回。

美，湖光潋滟惹人醉。

雨蒙蒙，柳丝如烟飞。

美，白塔行云映绿水。

钓鱼台，"框景"经典配。①

美，五亭桥上不思归。

赏胜景，香风拂面吹。

---

① 相传钓鱼台因乾隆曾于此钓鱼而得名。钓鱼台巧妙运用了"框景"手法，成为中国园林"框景"艺术的经典之作。

美，箫声阵阵沁心扉。

画中游，观光笑扬眉。

美，彩舫穿梭细浪推。

摇橹女，歌喉分外脆。

美，雨霁雾散云消退。

极目眺，满眼尽秋晖。

美，杜牧绝句①传千辈。

瘦西湖，不游终生愧！

---

① 指的是唐代著名诗人杜牧的《寄扬州韩绰判官》，全诗为："青山隐隐水迢迢，秋尽江南草未凋。二十四桥明月夜，玉人何处教吹箫？"诗中的二十四桥是扬州著名景点瘦西湖中一个地标景观，也是古代桥梁建筑的杰作。

新年献辞

一

刚刚送走一九八七年的万道霞光，

我们，又迎来新一年的灿烂朝阳，

看，一本崭新的日历正在我们面前掀开，

听，一九八八年的晨钟正在我们耳畔敲响。

我们新时代的青少年，

怎能不豪情满怀、心潮激荡？

怎能不载歌载舞、欣喜若狂？

我们庆祝，最热烈地庆祝——

一九八八年的到来！

让我们一起，把欢庆的锣鼓敲响，

让我们一起，把备足的鞭炮燃放！

值此元旦佳节，

我们祝愿，最衷心地祝愿——

全体老师和同学们，

新年愉快，身体健康，

百事顺利，如意吉祥！

二

在这喜庆的时刻，

我们怎能不把过去的一年回想？

是我们伟大的党啊，

用乳汁哺育着我们苗壮成长。

是我们敬爱的老师啊，

用心血把我们精心培养。

看，红旗下——

我们革命的新一代，

多像刚绽开的鲜花，

正沐浴着雨露阳光，

争奇斗妍，竞相开放，

瞧，阳光下——

我们革命的新一代，

多像刚出土的幼苗，

正吸吮着丰富的营养，

生机盎然，蓬勃向上……

三

在这喜庆的时刻，

我们怎能忘记过去的时光？

是我们的老师带领着我们，

遨游在知识的海洋。

我们拜访了阿基米德和牛顿，

我们结识了高尔基和莫泊桑；

我们编织了理想的花环，

我们播种了金色的希望；

我们洒下了辛勤的汗水，

我们尝到了丰收的蜜浆。

在这里我可以问心无愧地说，

我们没有辜负人民的希望，

不信，请看一看我们攀登的足迹，

还有，那一张张鲜红的奖状。

四

在这喜庆的时刻，

我们怎能不把新的一年展望？

那三百六十五张珍贵的日历哪，

你将怎样撕下它小小的每一张？

在这新的一年里，

让我们把党的教诲牢记心上，

把成绩大力发扬，

把错误付诸汪洋。

让我们从今天起，

再也不浪费每一缕阳光，

因为它比黄金贵又强；

让我们从今夜起，

每天和启明星一同起床，

因为它是勤奋者的榜样；

让我们从现在起，

更加如饥似渴地博览群书，

因为它是我们腾飞的翅膀！

只有这样，

我们才能向党交出一份满意的答卷；

只有这样，

将来我们才能成为祖国的栋梁。

五

在这喜庆的时刻，

我们怎能不把美好的明天向往？

亲爱的朋友，

你可曾想：

我们是祖国的未来，

我们是人民的希望。

为社会主义大厦建设添砖加瓦，

历史的重任要由我们去承当。

亲爱的朋友，

你可曾想：

在不远的将来，

也许，你正穿着太空服装，

在九重天上徜徉；

也许，你正坐在研究室里，

在攻克着又一个新的哥德巴赫猜想；

也许，你正佩戴着诺贝尔奖章，

站立在举世瞩目的领奖台上……

六

亲爱的朋友们，

我们，多像早晨八九点钟的太阳，

前程万里，灿烂辉煌，

快把那理想的风帆升上桅樯，

勇往直前，乘风破浪；

快展开那矫健的翅膀，

像雄鹰搏击长空，自由翱翔；

快把那青春的火把燃烧得更旺，更旺，

去迎接那新世界的曙光。

美好的未来一定属于我们！

意气风发，斗志昂扬，

共同奔向那共产主义远方！

1987年12月31日

香椿芽赋

清明临谷雨，椿芽满枝丫。
朵朵水灵灵，举手掰满把①。

不经风与霜，哪得兹嫩芽？
滚水烫愈绿，异香扑鼻发。

沾来老豆腐，拌盘嫩椿芽。
豆油明汪汪，色香味俱佳。

绿白巧搭配，引来馋虫爬。
涎水垂三尺，险将舌吞下。

看菜只思酒，欲饮不肯罢。
佳酿累十觞，尽享乐天涯。

---

① 把，量词，用于一手抓起的数量。

遥想大诗圣，赞韭传佳话。①

今若见此味，不知又吟啥？

寒浆拌嫩椿，香溢农舍家。②

倘问食何鲜？首推香椿芽！

①见杜甫《赠卫八处士》中："夜雨剪春韭，新炊间黄粱。"
②见段修桂《香椿飘香》中："寒浆拌椿嫩，清酒累十觞。"

无　题

　　得孙彦全兄与其战友李业陶对诗两首，余欣赏不已，故作此诗以应和之。

　　　　双阙新作遥呼应，字里行间含深情。

　　　　锦言妙对成佳配，鹤发童颜悟人生。

　　　　熔炉炼就真金纯，宝刀磨成不老锋。

　　　　能文亦武堪赞佩，[①]夕阳无限霞映红。

附孙彦全原诗：

无　题

　　　　人生漫漫已暮年，而今闲庭悄悠然。

　　　　信步林间看杨柳，徜徉河塘赏睡莲。

---

　　①二位当年投笔从戎，于军中任干部，后转地方，现虽远隔千里，仍情深意厚，心心相连。

莫言世上繁杂事，勿入纷争心底宽。

人说夕阳无限好，万花深处是春天。

附李业陶原诗：

无题（和战友彦全老弟）

酸甜苦辣皆滋味，春夏秋冬尽人生。

花开花落寻常事，阴晴圆缺笑脸迎。

回首漫漫坎与坷，谈古论今已从容。

功名利禄似流云，任它东西南北风。

2021年4月18日

痛吟（诗二首）

（其一）悼袁老

江河呜咽愁云浓，群山肃立九州痛。

万众崩泪悼英魂，异口同声念神农。

不愧杂交水稻父，功勋盖世千古颂。

且看稻海波浪惊，谁人不哭袁隆平？

（其二）悼肝胆外科之父吴孟超院士

神医驾鹤仙界升，巨星陨落天地惊。

当代华佗虽逝去，光芒熠熠永照明。

大爱济世垂青史，医者仁心肝胆映。

但愿吴老路走好，举国哀悼祭英灵。

"双星"颂

颂肝胆外科之父吴孟超院士

（其一）

读书报国赤心诚，济世平民壮志宏。

历苦尝辛经磨难，操刀治病赛华翁。

高风亮节感黎庶，绝技仁慈献至情。

一代神医超百世，万古流芳享恩荣。

（其二）

许党报国赤子心，济世苍生堪称仁。

呕心沥血创奇迹，鞠躬尽瘁勇献身。

襟怀坦荡感天地，德高望重技俱馨。

无愧肝胆外科父，名垂青史励后昆。

颂杂交水稻之父袁隆平院士

立足田畴勤耕耘，淡泊名利守初心。

一介农夫智慧洒，千顷金海稻浪滚。

誓让天下共温饱，甘为世界献青春。

毕生追梦攀高峰，占尽风流第一人！

昔日三夏组歌

开　战

布谷高歌声连声，五月榴花映日红。

热风劲吹晴万里，麦浪滚滚涌千层。

千军呐喊同开战，万马奔腾共嘶鸣。

男女老少齐动员，各路人马逞英雄。

夏　收

赤日炎炎似火烧，热汗流淌如水浇。

银镰挥舞闪闪亮，红旗招展迎风飘。

收割抢运一条龙，场间地头战鼓敲。

誓让颗粒全归仓，夏收战场传捷报。

夏　种

春争日来夏争时，撂下镰刀忙抢种。

点罢玉米耩谷粱，趁墒种豆不让垄。①

扬起大镢兜埯子②，快栽芋头③莫迟愣。

播下芝麻盼开花，夏日抢种不丢松。

夏　管

田间禾苗长势旺，转眼坡野披绿装。

抗旱保苗紧赶紧，减灾排涝及时防。

锄草施肥治虫害，农夫终日劳作忙。

面朝黄土背朝天，披星戴月斗志昂。

---

①俗语称豆种下地就发芽。
②埯子为点种瓜、豆等挖的小坑。
③滕州当地称地瓜为芋头。

向航天英雄致敬

是什么喜讯，使举国欢腾？
是什么奇迹，令世界震惊？
啊，是十二号载人飞船发射，
又获得圆满成功！

看，三位航天英雄，
英姿焕发，从容镇定。
直冲天外，九霄逐梦。
太空遨游，揽月摘星。

面对航天英雄，我要向他们致敬！
究竟是什么力量将他们支撑？
听，中国宇航员响亮地回答，
是多么铿锵有力掷地有声：
"祖国利益高于一切！"
八个大字足有万钧之重。

这，才让我进一步弄懂：

是一份责任和担当让英雄坚持到底，

是一种精神和觉悟让英雄不图利名。

是一个向上的力量让英雄取之不尽，

是坚定不移的信念让英雄无往不胜。

你可知晓为了圆梦，

英雄们经历了多少艰辛？

练就了多少硬功？

流下了多少血汗？

付出了多大牺牲？

谁能忘记，

为了掌握飞天的本领，

英雄们以超人的承受力，

以非常的忍耐性，

以钢铁般的意志，

进行魔鬼式训练持之以恒。

转椅、离心机的疾速运转，

哪一次不把他们的五脏六腑掏净？

"八个G"的加速度训练，

哪一次不把他们面部拉得变形？

七十二小时的剥夺睡眠，

能让常人痛不欲生。

还有一些项目多样多种，

英雄们承受的痛苦无法形容。

但无论如何自始至终，

竟无一人一次中间叫停！

就是这些航天英雄，

胸怀崇高理想，不忘神圣使命，

在艰辛中体会着快乐，

在快乐中体会着真正的人生。

他们，义无反顾，

他们，不怕牺牲。

个人生死置之度外，

一心只为了圆梦。

有多少航天英雄，

长眠在戈壁滩，倒在了航天城。

看酒泉发射中心的烈士陵园中，

六百多个烈士的英名，

正熠熠闪光照耀着万里星空，

他们平均不过二十四岁，

最小的才十七岁整！

如今终于又一次圆了航天梦，

个个露出了欣慰的笑容。

看啊，

神箭再次冲太空，又送神舟升苍穹。

航天英雄多奇志，满怀豪情远出征。

目标星辰大海洋，誓夺全胜立新功。

浩瀚宇宙传捷报，中国航天圆大梦。

建党百年献厚礼，科技强国民族兴。

致敬祖国航天员，万众高歌颂英雄。

2021年6月18日

新时代三夏进行曲

序　曲

适逢建党百年整，辛丑芒种来匆匆。

新时代三夏摆"战场"，亿万农民添豪情。

银镰已锈不再磨，马牛早放南山中。

"雷沃谷神"正待发，只等号响一声令。

抢　收

布谷声声催阵急，无边麦海金涛涌。

"战舰"出征隆隆响，机割机收"硝烟"浓。

庞然大物如穿梭，一日刈麦上千顷。

秸秆粉碎又还田，肥壤沃野得深耕。

大忙季节若等闲，农民地头喜盈盈。

车车新粮送国库，只管数钱收囊中。

抢　种

昔日夏种累断腰，如今农民得逍遥。

招呼一声播种机，玉米大豆全种好。

不稀不稠下种匀，不深不浅质量保。

夏播一粒优良种，秋收万担百姓笑。

夏　管

镢头铁锄一边抛，灭草治虫机喷药。

节水灌溉更神奇，用卡一刷水就到。

股股清泉流不尽，棵棵禾苗喝个饱。

如今种地讲科学，新式农民本领高。

尾　声

托管服务一条龙，农民省心又省工。

全面实现机械化，改革又上新水平。

万众一心跟党走，披荆斩棘向前冲。

中国特色道路宽，今年定是好光景！

2021年6月11日

读段修桂《打瓦》

一群农村土娃，

正在大树底下，

兴致勃勃地打瓦。

瞄准目标用力投掷，

看谁的本事最大。

赢者，洋洋得意，

输者，甘愿挨罚。

阵阵欢声笑语，

在蓝天白云下随风飘洒。

无论春秋，还是冬夏，

总是那样无忧无虑，

一切烦恼全给抛下。

啊，我真想重回那快乐的童年，

再和你和他（她），

一块儿去打瓦……

古稀抒怀

岁月无情逾古稀，而今老骥已伏枥。

要学曹翁存壮心，欲让晚霞更绚丽。

人至暮年莫消沉，乐观向上争朝夕。

童心未泯常放歌，老出精彩自勉励。

盛赞中华体育健儿

东京奥运圣火旺，

各路英雄聚赛场。

看中国新生代体育健儿，

身披战袍集体亮相，

惊艳世界战绩辉煌。

一场场精彩比赛，

一次次终极较量，

一轮轮奋力拼搏，

一番番激烈对抗，

一项项世界纪录被打破，

一页页崭新历史被开创，

一面面五星红旗于赛场频频升起，

一次次义勇军曲在上空不断回响。

啊，这是一支最年轻的力量，

英姿飒爽斗志昂扬，

敢拼敢闯作风顽强。

最难忘——

杨倩稳举十米气步枪，

屏息射落首金收入囊；

全红婵纵身跳入水，

三轮满分惊全场；

曾文蕙滑板比赛显神威，

决战奥运奇迹创；

张常鸿百步穿杨技精湛，

神枪射手美名扬；

陈雨霏绝地逆袭克劲敌，

火线前沿不顾伤；

李雯雯力举千钧气盖世，

中国力量锐不可当；

孙颖莎活力四射放异彩，

打得对手魂胆丧；

孙梦雅和徐诗晓，

双人荣登冠军榜，

令家乡父老倍感荣光……

奥运冠军不胜举，

一个更比一个强！

啊，我要盛赞中华体育健将！

你们替我们争了气，

你们给中国添了光。

你们为国家发展聚大能，

你们为民族复兴蓄力量。

你们是朝气蓬勃的生力军，

你们与强起来的共和国同成长。

你们的血液中涌淌着爱国激情，

你们的青春在赛场放射出万道光芒。

你们是民族的未来，

你们是国家的希望。

你们是全国人民的楷模，

你们是有志青年的榜样。

让我们带着奥运健将的青春之风，

中流击水踏浪远航，

牢记使命发愤图强。

厚植爱国理念，树立崇高理想。

坚定心中信仰，不负民族期望。

继承奥林匹克光荣传统，

把中华体育精神进一步发扬。

永远向着远大的宏伟目标，

高歌猛进勇奔前方！

2021年8月9日

永存的记忆

那是六十年前的事情，
在一个半夜三更，
母亲一阵轻轻的呼唤声，
把我从熟睡中叫醒：
　"孩子，快起来推磨，
天明娘要给你们摊煎饼！"

我慢吞吞从床上爬起，
揉着惺忪的眼睛，
伸伸懒腰双眉皱，
哈欠打得声连声。
我就像一头刚学活的小毛驴，
被套在了磨道中。

当时正值严冬，
天寒地又冻。

我双手抱着磨棍，
只觉冻得十指生疼。
脚蹬一双破旧的单鞋，
窟窿眼透着刺骨的风。

夜，又黑又冷，
天幕上闪烁着颗颗寒星，
磨，又沉又重，
我推着它在磨道上使劲前行。
母亲一勺一勺往磨眼里添着地瓜干，
掺的粮食几乎为零。
我和哥一步一步不敢歇停，
唯恐天冷磨里边上冻。

磨道中转不完的圈儿，
走不尽的路程。
困意，不断来袭扰，
磨棍，常掉面糊中。
撕开眼皮强打精神，
唯恐掉棍不敢松。

我抱着磨棍推啊推，
东西南北分不清。
晕头转向昏沉沉，
噘着小嘴暗嘟哝：
“啥时不再抱磨棍，

地瓜干子变烧饼？"

两盆糊子终推完，
东方天色才微明。
筋疲力尽冷又饿，
只觉腰酸腿又疼。
从小领教推磨苦，
其中滋味记得清……

天翻地覆时代变，
当年石磨已无踪。
丰衣足食无忧愁，
想吃什么都现成。
如今过上了好日子，
又想起儿时推煎饼。
欣逢盛世莫忘本，
永远铭记党恩情。

2021年8月25日

赏器乐合奏《奔驰在千里草原》

四翁登台精技献，器乐合奏倾情演。
琴笙竹笛最佳配，神曲优美绕耳畔。

思绪万端接千里，疑似置身大草原。
一望无垠茫苍苍，芳草萋萋绿如毯。

碧空万里如水洗，白云千朵似棉团。
野花争艳正竞开，姹紫嫣红色斑斓。

山峦起伏林茂密，河流蜿蜒水潺潺。
蒙古包里飘奶香，毡房顶上升炊烟。

骏马奔驰齐嘶鸣，牛羊悠闲叫声连。
放牧姑娘展歌喉，阳刚小伙甩响鞭。

盛世草原春光灿，一代牧民笑开颜。

江山多娇美如画，特色中国万万年。

赏罢合奏心愉悦，如同佳酿醉心田。
一饱耳福得尽享，众人竖指齐点赞！

2021年9月1日

红旗渠精神万代传

　　最近，电视连续剧《红旗渠》热播，轰动全国，反响强烈。感慨系之，故而吟咏。

巍巍太行山，重重叠嶂险。

千仞峭壁立，万丈深渊陷。

举世共瞩目，天河空中悬。

青山盘玉带，绿波绕云间。

漳水滚滚来，风光美无限。

第八大奇迹，世界广流传。

孰不追往昔，林县连年旱。

滴水贵如油，百姓苦不堪。

县委一声令，万民齐动员。

立下愚公志，引漳取水源。

开山又劈岭，十万人参战。

锤钎握在手，重新整河山。

白云作棉被，荒草当绒毡。

餐风又露宿，英雄不畏难。

挖洞架渡槽，绝壁凿炮眼。

舍生排险情，忘死荡秋千。

大干苦干十冬夏，用工多达数十万。

修渠总长上千里，不惜流尽血与汗。

八十一位好儿女，含笑长眠太行山。

感天动地泣鬼神，烈士英名永怀念。

喜看今日新林州，翻天覆地换新颜。

高歌迈进新时代，摇身变成百强县。

可敬一代新愚公，民族精神人颂赞。

敢将血肉筑长城，英雄壮举惊瀛寰。

艰苦创业守初心，自力更生不靠援。

团结协作共甘苦，无私无畏多奉献。

众志成城铸辉煌，丰碑高耸入云端。

精神之源永不枯，红旗渠水流不断。

万众一心跟党走，宝贵财富代代传。

2021年11月12日

乡愁悠悠

天际浮云淡，柳梢玉盘圆。

他乡念故人，深情写满脸。

日月星辰移，乡愁永不变。

佳节倍思亲，夜阑不成眠。

此愫似浓茶，苦涩中有甘。

缕缕香氤氲，久冲而不淡。

一阕《静夜思》，千古广流传。

游子望月诵，泪流湿衣衫。

2021年9月21日

赞滕州第五届书展

丹桂飘香远，金秋开书展。
千人共阅读，万众尽开颜。

五届硕果累，名片亮闪闪。
盛世颂辉煌，书香忆百年。

展区场馆多，逛市享盛宴。
学海竞遨游，书山勇登攀。

以"影"为媒介，定格美瞬间。
"长枪"加"短炮"，拍照不停闲。

三国五邑地，人文富内涵。
精彩不胜收，书展魅力添。

地灵人更杰，滕州今最炫。

老幼爱读书，热情万丈燃。

学习达人多，与书广结缘。
阅读启新程，红色基因传。

喜看大滕州，前景何其灿。
共圆中国梦，高歌猛向前！

2021年9月29日

小事有感

　　近日，听友讲了个小故事：一老翁赶集买菜，付完钱空手而归，翁发现后则自我劝慰，遂抛于脑后。而卖菜者于集上久等不见其人，无奈回。翌日晨，二人又于集市相遇，卖菜者又将鲜菜如数还翁。余闻罢不胜感慨，故吟之。

老翁赶大集，买菜街头转。
付钱空手归，落四又丢三。
回家才知晓，心宽并无怨，
只当捐小资，好言自相劝。

最是卖菜者，便宜不思占。
只待来人取，望眼几欲穿。
久等不见翁，无奈收摊还。
心上只惦记，口中念不干。

孰料翌日晨，动人一幕现。

卖主又见翁，招手大声喊：

"大爷别慌走，俺来把菜还！"

开口笑吟吟，句句是暖言。

老翁好感动，道谢声连连：

"哪想再遇你，好人在眼前。

一点小事情，劳你挂心间。"

现场旁观者，齐声共夸赞。

区区身边事，小中有大见。

做人贵诚信，且莫贪无厌。

盛世多君子，和谐更无前。

社会正能量，善国情满满。

2021年9月23日

回家过年

四季更迭,
星移斗转。
离家打工远天边,
数载未见家人面。
家中年迈的父母,
想儿念子朝思暮盼。
勤劳贤淑的妻子,
夙夜思夫望眼欲穿。
聪明可爱的儿女,
正在梦中将爸爸呼唤。

眼看除夕又近在眼前,
打工者的心啊,
早已飞向了亲人身边。
紧揣打工挣的钱,
将亲情把大包小裹塞满。
日夜兼程越岭翻山,

舟车劳顿归心似箭。

一步跨进熟悉的家门槛，
热泪直在眼眶里打转转。
连声询问双亲的身体可好，
今天终于回到了二老身边。
爱妻深情地递过一杯热茶，
顿时感到是那样无比温暖。
看堂前父子紧紧拥抱，
听院中家人笑语连连。

至亲至爱其乐融融，
男女老少阖家尽欢。
抒一腔柔情深又浓，
叙一番盛世沧桑变。
喝一杯老酒醉心头，
吃一碗水饺香又甜。

打工回乡过大年，
相互牵挂诉不完。
家人团聚喜盈门，
世间最美是团圆。
爆竹一声除旧岁，
祥云万朵降家园。
辞旧迎新念党恩，
五福并臻春风暖。

为女足夺冠而吟

绿茵场上风云卷，
亚洲女足战犹酣。
中国姑娘创奇迹，
反败为胜大逆转。
巾帼英雄世无双，
敢打敢拼意志坚。
不畏强手不言弃，
王者归来可回天。

唐佳丽与张琳艳，
千钧一发冲向前。
连下两城分扳平，
如虎添翼神威显。
好个猛将肖裕仪，
补时搏杀挽狂澜。
绝地反击破球门，

一声怒吼鳌头占。

最是主帅水庆霞，

用兵如神不慌乱。

克敌制胜有良谋，

指挥若定操胜券。

风雨彩虹多绚丽，

铿锵玫瑰花最妍。

万里长城永不倒，

女足精神堪颂赞。

金杯九盏①闪金光，

神州万里尽开颜。

感谢女足载誉归，

时代精神代代传。

踔厉奋发镂不舍，

笃行不息勇向前！

2022年2月8日

_____

①迄今为止中国女足共九次夺得亚洲杯冠军。

读段修桂《我的教师心》

修桂发美文，吾读倍觉亲。

民师考大学，知识改命运。

身在教师位，常怀育人心。

教书十三年，桃李满园春。

偶进县机关，迈入清衙门。

政府当秘书，日久资历深。

改行至今日，常梦显痴心。

"园丁"没当够，还想再过瘾。

初衷仍未变，可敬教师心！

2021年10月26日

感　怀

　　近日，张裕道之佳作《有待挖掘的家乡历史文化》在滕州精神家园微信公众号首发后，又被走进滕州微信公众号转发，并加了编者按，从而进一步得到了广大读者的高度关注，引起了强烈的社会反响，这正是：

　　　　　　老翁撰文忆故乡，思潮滚翻涌波浪。
　　　　　　嗟叹岁月匆匆过，韶华转瞬至夕阳。

　　　　　　走出滕州常念家，朝思暮想泪汪汪。
　　　　　　桑梓文化好灿烂，故园历史多辉煌。

　　　　　　镇容街景刻脑海，风土人情铭心上。
　　　　　　乡愁无尽最浓重，魂牵梦绕意深长。

　　　　　　关外游子不忘本，漂泊之心得安放。
　　　　　　时刻牢记来时路，砥砺奋进知方向。

寿登耄耋青春焕，老骥伏枥奇志壮。

远大目标定实现，大美滕州共赞赏！

2021年11月26日

我家的老橱桌

我家有个老橱桌，
至今仍然珍藏着。
说起它的年龄来，
比我还要长得多。

它，像一位历史的老者，
经历过世上的冷暖凉热。
享受过人间的欢乐幸福，
亲见过时代的发展变革。

我常听老伴儿深情地诉说：
这橱桌，母亲的母亲曾用过。
那是在兵荒马乱的年代，
百姓过着水深火热的生活。
颠沛流离，居无定所，
一贫如洗，饥寒交迫。

那一年老伴儿的母亲要出嫁，
可嫁妆仍然无着落。
她姥姥双眉紧锁愁断肠，
陪嫁还用那个老橱桌。

岁月匆匆快如梭，
老伴儿要嫁光阴迫。
眼看婚期已临近，
她的母亲忙张罗。
只因贫困无钱买，
陪送的嫁妆样样缺。
情急之下当机断，
重新油漆老橱桌。
抬过高岗涉过河，
老橱又把新家落。
新草房内置当门，
一橱多用好摆设。
朝朝夕夕伴主人，
橱桌从此有定所……

天翻地覆沧桑变，
人人尽享新生活。
更喜家具全换新，
老橱一旁受冷落。
睹物思情心潮滚，

抚今追昔感慨多。

高歌赞颂好时代，

幸福之花香满坡。

野炊即景

郊外野炊支烤炉，假日餐饮择自助。
全家老少齐动手，祖孙三代忙碌碌。

各味佳肴河滩摆，肉串烤得香气扑。
醇酿果汁细细品，举杯共饮齐祝福。

垂髫天使最可爱，朗诵表演拉开幕。
抑扬顿挫声情茂，载歌载舞精彩出。

皓首翁妪笑开颜，喜泪盈眶遮双眸。
年轻父母心花放，鼓掌喝彩威相助。

蓝天白云作背景，清风伴奏蝶飞舞。
家庭联欢激情扬，笑声飘荡自肺腑。

杨柳依依更柔美，醉了满坡稻与菽。

长河秀水涟漪起，两岸鲜花嫩蕊吐。

郊外野餐风景靓，炊烟红日入画图。

和谐盛世人尽欢，追梦路上跨大步！

2021年10月25日

落叶赞

天高云淡，

阳光灿烂。

看，银杏叶儿黄灿灿，

恰似精致的小扇面，

随风纷纷从天落，

旋转翻飞，翻飞旋转，

多像金蝶舞翩跹。

听，落叶有声著深意，

沙沙沙响在耳两畔。

面对此情此景，

怎不令人思绪万缕遐想联翩……

啊，银杏叶看似很平常，

可它绝非一般般。

它，一生周期尽管短暂，

生命尽管有限，

可是你是否走进它的心里边？

它今日的告别想的是美好明天。

为了将来的将来，

它义无反顾毅然决然，

宁愿把自身贡献！

化作优质的磷钾氮，

让来年的生命之树更根深叶茂，

令大自然的春天更加妩媚绚烂。

那簌簌而下的黄金叶啊，

对生命的意义理解是何等深远，

面对短暂一生是多么乐观坦然，

它，看似渺小可又多么伟大！

品德纯洁高尚，

初心至死不变。

胸怀美丽又广宽。

有道是树高千尺叶归根，

人老悠悠乡愁绵。

面对落叶情难禁，

吾欲高吟大叹赞！

2021年10月19日

梦游微湖观鸬鹚

　　昨日，于更深人静之时，我挑灯夜读，反复品赏段修桂老师的佳作
《鱼鹰、"溜子"、微山湖》后，久难眠，后终寐，遂做了一梦。

微湖冬季，

风光旖旎。

波澜不兴，

浩瀚无际。

白云悠悠，

碧空如洗。

这里——

枯苇残荷，

鱼翔浅底。

这里——

野禽嬉闹，

百鸟争啼。

这里——

阳光普照，

处处充满生机。

这里——

是天然大渔场，

正在捕鱼旺季。

日出斗金的聚宝盆啊，

此刻正显出无穷魅力。

机帆船突突突向前行驶，

身后拉出长长的航迹。

我迎寒风站在船头观看，

那难忘的场景令人惊喜：

听——

鸬鹚欢叫绕耳际，

声声相连随风起。

渔者吆喝韵味足，

此起彼伏有高低。

看——

那些忠于职守的小精灵，

个个都威风凛凛好神气。

它们睁大眼注视着水中，

时刻寻觅着鱼儿的踪迹。

一旦发现目标，

立即扎进水里。

或单枪匹马主动出击，

或团结协作配合默契，

个个勇猛矫健敏捷麻利，

无不显出高超的捉鱼技艺。

突然间有俩鸬鹚同时露出水面，

各自把大鱼死死地叼起。

此时此刻，

它们是那么骄傲与得意，

个个争先恐后炫耀战绩。

用辛勤终换来主人犒劳，

还有精神的抚慰和鼓励……

这激动人心的一幕幕啊，

直让我看得出神入迷，

如痴如醉，情不自已。

鸬鹚啊鸬鹚，

不愧主人忠实的好帮手，

渔民致富路上的助力器！

惊见鸬鹚捕鱼急，

本领不凡好神奇。

更赞扁舟驯鹰者，

勤劳智慧世无比。

诗情画意难描尽，

此道风景最亮丽。

只缘昨夜赏美篇，

魂牵梦萦西湖里。

有朝一日战疫胜，

定到微山湖湿地。

亲睹鸬鹚展风采，

拙笔再涂新游记……

2022年5月4日

附　录

悠悠故乡还如梦　绵绵不尽恩师情

　　不知从什么时候，抑或是从四十年前离开家乡的那一刻起，我便常常回忆、感念家乡生活的点点滴滴，常常思考、体悟记忆的价值。有些事虽然不能永远，但并不代表价值的消失。想必这便是记忆之于人的特有的意义，它让一些不能永远的事，永远地留给心灵；它让一些远离家乡的人，因对家乡的记忆而永远不会感到孤寂；它让一些怀想家乡的灵魂，永远不会因为悼念逝去的往昔而心生悲戚。

　　我大抵就是这样一个对家乡感念至深、怀想至深、记忆至深的人。几十年来，无论我身在何方，都无不沉浸在对家乡美好的回忆里。这不仅是因为我生在家乡、长在家乡，家乡给了我一种纯粹的生命形式，而是家乡给了我一种生活，给了我一个历史和文化的社会，那里蕴含着许多的事件，讲述着各种各样的故事。正是在这样的生活、社会和文化里，我长成了一个家乡人，一个永远属于家乡的人。

　　玉川老师是我的高中老师，更是我的恩师。在农中跟随老师学习、劳动的每一个日子，是我生命中最愉快、最幸福、最美丽、最有收获的日子。老师的学识让我感佩，老师的语文课让我痴迷，老师给我的作文评语，启迪我至深。老师是恩师，是慈父，是兄长，用心关爱每一个学生。

一次早上出操，我因低血糖晕倒在地，老师焦急万分，立刻将我送至医院救治。老师带着我们一起劳动，跟老师一起的劳动是美妙的，丝毫感觉不到辛苦，感受到的只是犹如士兵一起行军时所拥有的那份满足和荣耀。农中的老师是最棒的，是深受我们学生爱戴、敬仰的，玉川老师、玉伦老师、国梁老师等都是他们中的杰出代表。他们同负一轭，互助如亲，彼此相济滋养，同构内心充盈的教育之旅。师生情深意长，亲如一家；学生情同手足，相隔一隅却相坐如邻，时至今日，虽已年届花甲，依然多有联络，互为探望，留下农中学习、劳动生活的一段佳话。是农中给了我和我的同学们别样的生活、别样的文化，是农中的老师们给我和我的同学们开启和铸就了无愧于心的人生。

如果说当年我读农中是幸运的，成为玉川老师、玉伦老师、国梁老师等老师的学生是幸运的，那么今天得知玉川老师的书作即将付梓并有幸先睹为快，同样是幸运的。四十年前我是玉川老师的学生，今天细细研读老师的书作，无异于回到四十年前，再次成为老师的学生，实乃幸运之至、荣耀之至。老师的书作展现了家乡的打墙、脱坯、拉脚、摇耧、耩麦，展现了家乡的家祠、古槐、大学、茶馆、莲蓬坑，展现了玉川老师等创办家乡农中时不计得失的执着、不言成败的探索和不畏艰辛的辉煌之举，更展现了家乡族人数百年来勤勉劳作、相濡以沫、忠勇爱国的古朴民风，展现了老师孝敬父母、关爱妻儿、视学生为己出、视朋辈为兄弟的热诚和包容；展现了老师对祖国大江南北美好河山的至诚之爱和对"双星"院士、体育健儿等祖国好儿女的热情礼赞。老师的笔下不仅饱含对家乡古朴、典雅、清纯、闻名四面八方的赞誉，更折射出老师谦逊、谦和、谦让，不负重托、勤勉从教一生的良师风范。老师站在三尺讲台的几十年，修的是正道，成的是正果。老师心里装载着的是大家园、大学校、大社会、大世界，老师给予一批又一批学生的是大学问、大责任、大境界、大情感。

有人说，人的一生无外乎在做着两件事。一件事是"决定"，另一件事是"接受"。"决定"是自己想做什么，是一种使命；"接受"是自己该做什么，是一种义务。人的一生就是在决定和接受的交织中走到生命的最后一刻。四十年前，老师做了一个正确的决定，承担起惠及千家万户、关乎国计民生的教育使命；同样老师还接受了一个正确的接受，把教书育人、造福家乡作为自己一生的义务。这样的决定和接受，在老师年轻时表现为一种前瞻性，为家乡、为国家担起重任，坚定豪迈，一路前行；在老师渐近年老时表现为一种回顾性，为家乡、为国家竭尽义务，无限荣光，无愧人生！

老师书作的大部分内容是在退职卸任后写下的，作为极富仁爱之心的知识分子，老师深知什么对他的灵魂才是有益的。正如老师在书作的后记中所说："写作，让我的生活更为充实，精神更为满足，信心更为坚定，身体更为健康。"为此，老师"愿在余生只争朝夕，不遗微薄之力，生命不息，追梦不止，勤恳耕耘"。老师就是老师，看着老师真诚而充满激情的书作，我知道老师在用安静的学习和思考，过一种富有创造精神的生活，同时在用学习和写作创造和保卫自己的宁静和闲暇。这足见老师平凡中的伟大，老师做到了生命不息、创造不止的真正知识分子的人生追求。

玉川老师是自己播种，别人收获而创造生命价值的人，是有仁爱的知识、在精神上无瑕和心地纯洁的人。我和我的同学们有如此好的老师，是我们的幸，是我们的运，更是我们的福。

夜已沉静，睹书稿思老师。在遥远的他乡感念老师并向您致敬！

张　波

2021年国庆写于南京莫愁湖畔

（张波，南京晓庄学院副校长，教育学博士，教授，教育部教学评估专家）

春秋多佳日　登高赋新诗

——读先生《悠悠故乡愁》后敬思

　　恩师玉川先生是的我初中班主任、语文老师，退休赋闲，移居县城人和蓝湾，我们师生关系融洽，初中同学常结伴拜访老师，先生在家含饴弄孙，读书写字，幸福悠闲，正似元代王冕《张御史西山雪堂》诗所写："张君住近西山麓，窗几虚明远尘俗……千高望远忘世虑，写字读书皆有趣。"令人敬羡！

　　然先生晚年，笔耕不辍，文思泉涌，不减不闲。近年常有诗歌、散文，见于杂志报端。在《枣庄日报》《滕州日报》《善国文化》《杏花文苑》以及多个微信公众平台，我就读到先生的多篇新构佳作，令人敬叹！

　　辛丑菊月，先生多年作品又结集出版，送我新书样稿，要我也写点文字，感谢先生多年对我的教育，不敢推辞，但又不敢为序、为跋，有幸拜读先生文集，掩卷敬思，试写一篇读后感。

　　先生文集《悠悠故乡愁》新书样稿，诗歌几十首，散文几十篇，内容可谓丰饶：家国情怀，乡土亲情，教学生涯回忆录，井然有序，文史并茂。老故事，出新意，清雅老道，畅读耐看，更像元代王冕《墨梅》诗："我家洗砚池头树，朵朵花开淡墨痕。不要人夸好颜色，只留清气满乾坤。"

《悠悠故乡愁》，像是时间书写在记忆中的一首首诗，咏叹人生春秋，记录了先生文化教育、教学生涯的真实生活感受；描绘了家庭乡村、历史岁月的多彩风貌。有人说：人生历史就像一条奔腾不息的长河，带走了苦涩和忧伤，沉淀了恬淡的梦想和希望。当我们拜读并细品玉川先生文集，那一篇篇动人的故事，一缕缕美好的情思，感到先生为人的忠孝正直，为文的客观真实，总给我们带来无限联想与敬仰。

（一）

眷眷亲情，亲情是根，先生《双亲墓前诉衷肠》，回忆《老娘养鸡》《父亲看场》，情真意切，感人至深。

《又见借鸡抱窝》更是有趣，"庭院里老母鸡的'咕咕'声、小鸡们的'叽叽'声、大公鸡的'喔喔'声、媲蛋鸡的'咯嗒'声、小黑狗的'汪汪'声、黄花猫的'喵喵'声，还有那老两口幸福的说笑声，各种声交织在一起，好一曲美妙无穷的农家交响乐。"

我少年也见过农村家庭中这些喂鸡、养鹅的场景，但我写不出先生这样纪实生动、自然优美的散文。

母鸡孵鸡抱窝，是鸡族的繁衍者，母鸡春天抱窝有"抱谎窝"与"抱实窝"之分。"抱实窝"的母鸡是真心实意，持之以恒，扑下身子，展开翅膀，恒温孵化。一般一窝放二十一枚蛋，出壳孵成约需二十一天，孵出成活约半数以上为好。有生有成，有破有损，自然也。

听说我曾祖父在家中开过"炕房"（暖房，孵化小鸡出售），我见过舅父开"炕房"孵化小鸡、小鸭、小鹅。过程甚是复杂，三间大屋搭架烧炕，摆满鸡蛋，最先要拣出未有受精卵的蛋，孵化早期，有经验的炕房师傅，用眼对着窗户的一束光对照一下每枚鸡蛋，即可辨别那些已不能孵化的蛋。剔除出来的叫"照蛋"，后期孵化蛋壳内已有雏形而破损不成的叫"毛蛋"。"照蛋"可以炒吃，但味道一般不如鲜蛋。"毛蛋"可炒吃，

我只吃过炒"照蛋",却从没敢吃过炒"毛蛋"。

母鸡孵化,而今已多是电恒温箱孵化,青少年大多只会吃鸡而不知母鸡抱窝。精彩所引,兴之所至,联想补充两点,以赞天性生命、自然伦理之妙。

（二）

悠悠乡情,乡情是恋,一个时代有一个一时代的生产生活、劳动文明。

玉川先生是乡村传统生活风貌的见证者,《小小茶馆总关情》中的茶炉子,烧茶倒水,写得非常翔实。我记得在故乡大坞永清河大桥南,还有"张奶奶茶炉",小时候也曾提热水瓶上街倒过茶,对茶炉子很有印象,后来茶炉子,就变成大铁皮"洋炉子"。

先生又是传统劳动、生产文明的记录者,写下的《脱坯》《忆打墙》《拉麦》《父亲在麦场》《摇耧手》,是一组传统乡村农耕文明生产生活的场景画。

《脱坯》《忆打墙》,是记录民生劳动的两篇精彩文章,其珍贵性在于如实地记录了从古到20世纪六七十年代,农村建房的重要过程。这"土得掉渣"的活计,可不是"土得掉渣"的事情,印证着庄子的"道在瓦甓"。今天虽然这两种重体力技术活已销声匿迹,但是它在建筑史的文明进程中,却留有永久的记忆。这使我想起了《诗经》:"捄之陾陾,度之薨薨,筑之登登,削屡冯冯。百堵皆兴,鼛鼓弗胜。"可翻译为:盛起土来满满装,填起土来"轰轰"响。"登登登"是捣土,"嘭嘭嘭"是削墙。百堵墙同时筑起,人声赛过打鼓声。

请听《忆打墙》中:"那拍打墙皮的'啪啪'声,木榔头的楔砸声,还有那干活的说笑声交织在一起,汇成一支动人的筑墙交响曲。"这不正是先秦《诗经》中"筑之登登、削屡冯冯"的远古余音吗?

历史记录,弥足珍贵。民生风俗,历史风貌,如果不书写不记录,就永远消失了。当年司空见惯事，不是有心谁记录？今多销声已匿迹，幸有珍文传后知。记述民间真历史，一枝一叶总关情。

对于个人，故乡其实很小。可以小到一个水坑、一盘石碾、一棵槐树，或者几间屋子、一个院子，或是一座小镇的大街小巷和桥头；每一地都有不一样的人情、往事、风景。《故乡的大坑》《故乡的老石碾》就表达了先生真挚而悠长的故园情。

我对《故乡的大坑》里的场景是那样地熟悉，夏天炎热，我们在那里戏水游泳，晚上我们就在坑边大树下纳凉。我们常伴着大人，听爷爷奶奶说着他们的生活经历和家长里短。讲述的多是困难时期底层农民的艰辛生活和农村往事；说哪家哪户的儿女多么孝顺，或者指责谁谁不讲道义。忠孝道义等道德观念，就在朴素的家常中得以浇灌。

之于故乡，所谓熟悉，更多的是一种感受，是身临其境的体验。在这头，一切好像回归到更本质的层面；而所谓陌生，是认知层面的东西。在那头，当我们接触到用语言、文字表达出来的故乡，反而会觉得生疏、有隔阂，而又恍然大悟，多么熟悉！

而今故乡的大坑多已干涸无水，也很难再看到有小朋友在大坑边的大树下听大人讲故事。

人与故乡，大约总是相隔一程，时而觉得亲近，时而又觉得疏远。或许，熟悉与陌生本就是共存相生。故乡，这么近，那么远。想到那句"不识庐山真面目，只缘身在此山中"。身在山中，往往亦因所处的位置而看不清山的全貌。然而，山中人所能感受、体验到的，是山中的空气、树木、流水。

尤其是《故乡的老石碾》，就是这样一种与自然浑然一体的感受，"一盘古老的石碾""对各种粮食的粗加工如轧糊馇面、挤豆扁儿、去谷糠麦皮、粉碎地瓜干等都离不开那老碾。"从古至今，民以食为天，推磨轧碾，用箩筛多遍，蒸熟食餐。平民、皇帝，都离不开磨与碾。

《一碗羊肉汤的记忆》是家乡的老味道，先生根据亲身经历，写出了真实的感受！写得真好，读了真的解馋。我也记得小时候家乡大坞街拐角屋供销社饭店，羊汤那时也就二毛钱一碗，大人领着喝过一次。两毛钱一碗，一天也卖不了多少，因为大家都没钱，那个时代，能吃上一次肉是极奢侈的事情。

改革开放以后，乡镇沿街羊汤锅多了起来，从五角一碗，到一元、二元、五元、十元一碗，现在最低二十元一碗了。虽然物价上涨，随着人们经济水平的提高，大多数人可以喝上了羊肉汤。

现在想到家乡的老味道，既贫瘠又丰饶，不是甜腻的糖味道，亦不是苦涩的药味道，而是游离于之间，咸咸甜甜、苦涩酸甜……永远无法被准确定义、描述的老滋味。

故乡，是一个诗意的字眼。有人说过：有故乡的人是幸运的。所谓诗意与幸运，大约恰在这或远或近的距离。那些熟悉的、陌生的，遥远的、亲近的，都终将融进我们关于故乡的体味之中，夹杂着往昔的回忆，包裹着隽永的相思和对美好未来的祈福。

（三）

《我与五楼三厅》《教坛往事》《我的乡村教学生涯》，是玉川先生最重要的教育、教学回忆录，内容特别翔实。

五楼三厅原是清代地主的深宅大院，新中国成立后土改为大坞中心小学，成为文化教育重地，玉川先生是在这里读小学，在滕县三中读初、高中。而我也与五楼三厅有缘，我是1968年进入大坞中心学校，读完小学、初中，之后在滕县三中读完高中。

学问中有人文、学问中有精神、学问中有趣味，是学校教育、语文教学最大的特点。难忘玉川先生给我们讲课文，《一件小事》《从百草园到三味书屋》《谁是最可爱的人》《两小儿辩日》等。

初中时就酷爱听玉川先生讲鲁迅和冰心，两位名家一刚一柔，刚好对应了生活中的不幸和幸福。鲁迅叫我们冷静地、批判地对待世界；冰心以纯真的爱和童心的美，给我们以慰藉与温暖。

教师的人格魅力，对于学生的成长至关重要。我们常回忆起，玉川先生那些弥漫在语文课堂里、影响学生的洪亮声音。

最难忘，当年我们大坞中心校文体活动举办得有声有色，全校春季运动会，连开三天。玉川先生让我进运动会报道组，学做小记者采访。最难忘，学校师生演大型歌剧《白毛女》，举办大型歌咏比赛，先生让我演过群口小话剧和三句半。最难忘，我们初一、初二四个班的同学，在校长、老师的带领下，实地参观了滕县发电厂、化肥厂、印刷厂、机床厂、保温瓶厂、标件厂，与东方红小学（实小）、防修小学（书院）、红旗小学（滕西）的师生一块儿交流。同学们第一次进入工厂，听工程师、技术员工人讲解，乡村的学生，难能可贵地享受了一次城市工业文明。这就是素质教育，增加了见识，开阔了眼界，感谢学校，终生难忘。

（四）

玉川先生晚年，又与张国梁先生及大坞张府一批乡贤、学者一道，致力于家族历史的考证、研究工作，研究家谱文献资料，浓浓的家国情怀，是仁义孝道，是智者学术，并写出了多篇诗文。玉川先生和张国梁先生、张光庆先生写的《大坞张氏之歌》，主编的《大坞张氏历史文献资料》两辑，都具有很高的历史学术价值，玉川先生送了我一套资料，拜读后收获不小。

玉川先生与我是师生，又是大坞同街世谊，大坞张府最新修编《古滕张氏族谱》，就是由我家"大坞邓氏四通文印社"排版承印，更增加了我们师生之间的深情厚谊。

玉川先生的诗歌、散文，隽永清新，听《春雨》，赋《秋色》，赏《冬

雪》，虽是写于1978、1979年的作文，四十多年后才得以发表，穿越时空，历久弥新，今天读来，依然才情勃发，诗意益然，亦代表了老师可贵的人生经历。

（五）

玉川先生将大好年华付与三尺讲台，朝阳、夕霞，青丝、白发，桃李满天下。今又有文集出版，精神成果丰硕，令人敬仰！

玉川先生总是鼓励我们学生要自强不息，积极进取，进德修业。而自己面对一些委婉的劝言，"退休清闲有利名，再做读写有何用？"先生总是淡然一笑，依然挥笔研墨。我们仿佛听见"自古逢秋悲寂寥，我言秋日胜春朝""老当益壮"的豪言，看到"晴空一鹤排云上，便引诗情到碧霄""不坠青云之志"之举。

如果追询意义，我敢说："个人生存的时候，当努力造成幸福，享受幸福；留在社会上，后来的人也能够享受。递相授受，以至无穷。"宋人苏轼有词"用舍由时，行藏在我"，玉川先生的写作，亦如唐代名相张说诗句"真心独感人""灵感应时通"。早已淡泊名利，只为那心中的家国文化情怀。

文墨作释，长启弟子巧耕作；盛世书香，远钟后昆勤读书。读玉川先生的文集，使人忠厚理性，增加生命的智慧和人生的快乐。

也不断有人问我们：读文史学科，写文章、出文集有什么用？在人们的常识中，理工科专业对社会更有实用价值。尽管那些深奥的文学理论，那些优美的辞章，已被岁月冲刷得少见踪影。但在几十年语文教学工作中，我们在身体力行中，时常感谢文史学科带给我们的一切，特别是它成为我们的人文情怀与教学理想实践的重要精神源泉。

玉川先生曾对我说："我们师生都爱好文学，热爱语文教学，常读文史。有人是把文章写在书上，有人是把文章写在自己的职位上，而我们是把文章写在教中学语文课堂上。"

玉川先生曾对我说："我们师生最大的幸运是，都有三四十年的语文教学生涯，且和改革开放的历程吻合。这个伟大的变革时代，赋予了我们师生教学的人生舞台，有了实践语文教学理想的机遇。所以特别幸运，这个时代使我们有机会在语文教学岗位上，代表两代人为我们乡村学校，中学语文教育留下了一点文学色彩和文史教学记忆。"

玉川先生曾对我说："语文教学是一种平凡，读书是一种大雅，从职业的立场上来看，读书大雅是对教学平凡的一种拯救；而从雅的、读书的立场上来看，平凡的教学又是对读书大雅的一种成全。"

而我们有文史学科学习经历的人，却能终身受用，让我们在面对工作现实时，保持对文化的敬畏，保持中国人的人文情怀与审美情趣，保持对历史的尊重与责任，保持中国传统文化所特有的"天人自然"的世界观。唯有如此，我们一直学习做一名在乡村、城市中生活得堂堂正正的人。

我们师生的文学梦想、语文教学理想实践，都与我们这座城镇、乡村紧密相连。文史学科带给我们的人文情怀和历史认知，在潜移默化中影响着我们，使我们始终对乡土自然保持一种敬畏，对历史和传统保有一份"温情与敬意"。

对于我们师生来说，善国凫阳大坞，是一代代先贤吟咏过的土地，是无数伟大心灵感受过的土地，更是当代同乡世谊，通过有意无意念及的诗文，可以触动深沉乡愁的土地。大坞清泉龙河，是我们师生、同学、同乡、当代人共同的乡愁，我们庆幸自己生于斯、长于斯、奉献于斯，更庆幸文史学科中文系的教育背景，所带给我们的那些东西。它让我们与凫山龙河、清泉田野有一种亲近和交流，更让我们在这个飞快流逝的时代，懂得反省和尊重。共同光大善国凫阳文化，衍续清泉龙河文脉昌明！

"江山代有才人出"，1977、1978级大中专毕业生多已退休。今年玉川先生已年近古稀，我也花甲退休，先生文集出版，可敬可贺！我想起明

代于慎行诗句"自幸白头称弟子"，没想到在四十多年后，幸甚会用这种方式，写一段后语，叙不尽的故乡愁绵绵，说不完的师生情切切！能反复地感慨：我们师生难忘的那个特别的教育年代……

最后引用清代诗人吴铭育《寿业师王一如先生七十，即次先生自寿诗韵》作结：

> 发轫成弘不计春，渊源家学教如神。
>
> 铸人每忆丹成速，杖国仍绵雨化新。
>
> 共指斗山型后学，合乎仙佛证前身。
>
> 幸叨世好兼邻好，忭颂欣将楮墨伸。

衷心敬祝恩师玉川先生精神愉快，福寿康宁！老有常乐，再出新作。

邓荣航

2021年9月写于滕州龙泉塔北家乐园

（邓荣航，毕业于山东教育学院中文系，滕州三中高级教师，山东省书画学会会员）

夕阳无限好　晚霞最绚丽

我的老父亲年已古稀，

从未离开过乡下的土地。

一直在教坛甘当红烛，

真可谓桃李满天下。

如今我把他接进城里，

晚年生活更加舒适安逸。

他，没有其他乐趣，

唯独爱好学习，

对书报格外钟情入迷。

尤其是每看到外孙女给报刊投的稿，

他更分外眼馋，羡慕不已。

那挡不住的诱惑，

终于让父亲又鼓起了勇气，

重新握起了手中的笔。

什么《老娘养鸡》《父亲看场》，

什么《教坛往事》《拉麦》《脱坯》。

字字忆苦又思甜，抚今又追昔，

句句赞美新生活，篇篇歌颂新时期。

甚至半夜从床上爬起，

伏案疾书而乐此不疲。

他，写稿作文只会爬格子，

打字连电脑键盘都不会敲击，

更不知电子邮箱设在哪里。

只得让我一字一句地打啊打，

然后他再叫外孙女帮忙投寄。

有一天最让我难以忘记，

父亲的文章终于登上了报纸，

他如中了大奖欢天喜地，

手舞足蹈眼含泪滴。

口中还念念有词：

"我终于达到了目的！"

看样子是那么骄傲无比，

脸上充满了孩子般的稚气。

从此父亲热情更加高涨，

对写作更加痴迷愈积极。

一篇又一篇见诸报端，

他的名字逐渐被人熟悉。

写作，让父亲青春不老，

写作，让父亲心旷神怡。

写作，让父亲越发康健，

写作，让父亲更有朝气。

父亲啊父亲，

时刻不忘名人的勉励：

"老牛亦解韶光贵，

不待扬鞭自奋蹄。"

生命不止追梦不息，

老有所为矢志不移。

老亦精进奋发努力，

老有所乐神采奕奕。

笔耕不辍只争朝夕，

催人上进勇创新绩。

夕阳无限好，

晚霞最绚丽。

啊，父亲、父亲，

值此您的新书出版之际，

我们一起给您点赞贺喜。

向您老人家致敬、学习，

做一个无愧新时代的您。

请接受儿女们的齐声祝愿：

祝您好梦成真万事如意，

愿您永远开心福禄寿齐！

张新红

2022年父亲节

（张新红，滕州市实验小学高级教师）

晚晴催翰墨　秋兴引风骚

——《悠悠故乡愁》之诗词篇赏读

　　日前，我家的老叔交给我一本书稿——《悠悠故乡愁》，他告诉我："此书即将付梓，不久就要面世。"并嘱咐我将书稿帮他好好校对一遍，还特别强调要把书中的诗词部分仔细阅读，并提出修改意见。因为他知道我一向喜欢诗歌，对有关的知识略知一二，且时常练笔，故嘱托于我。

　　得知此事，我不禁感叹：他老人家已年逾古稀，况生过大病，身体刚康复不久，竟写出了九十余篇诗文，并且还得到了家叔国梁教授及善国文化名人段修桂老师的高度评价，还专门撰文为之作序，实在是荣幸之至。这是我家族中的一件大喜事，我作为他的晚辈，深感骄傲和自豪！

　　得到父辈之命，我翻开书稿，认真品读，完全被书中的精彩内容所吸引。一幅又一幅主要来自20世纪六七十年代的农村生活画卷，极为生动地展现在我的面前，让我进一步了解到那一段鲜活的"微历史"。正如国梁叔所说："这是极为真实、极为鲜活、极为珍贵的乡村巨变的历史记录，是对乡村历史抢救性地发掘。作品所散发出的那种带着泥土芳香的浓郁乡愁，引发人们对故乡的眷恋和牵挂。乡愁，正是这本书的魅力与价值所在。"

　　拜读老叔的诗作，我深切地感到：字字句句吟之朗朗上口，诵之心潮

澎湃，品之韵味无穷，赏之兴趣盎然，如同痛饮了数杯美酒佳酿，醉在其中，欲罢不忍……

手捧厚厚的书稿，我深情地朗诵着《〈大坞张之歌〉诞生记》《礼赞大坞张》等，进一步知道了我大坞张辉煌的家族历史和深厚的文化积淀；知道了我大坞张优良传统家风及不朽的祖功宗德；知道了我大坞张已经六百年沧桑，饱受磨炼，终成名门望族而誉满鲁南；知道了我大坞张的三朝英烈、五世清官热血忠勇一脉承传；知道了我大坞张如今更本固枝荣、瓜瓞绵绵，俊贤辈出、群星璀璨。我作为大坞张第二十世孙为之荣耀，为之骄傲！

手捧厚厚的书稿，我又看到了老叔的倾情之作——《欣慰与感动》，诗中反映的是一段感人至深的真实故事。是说我老叔在四十年前曾教过的两个学生，后来一个成了博士、教授、南京晓庄学院的校长，一个成了某行业专家、工程师，他们均年近六旬仍不忘师恩，于炎炎盛夏，不畏酷暑，远道而来，怀着满腔深情，带着一宗厚礼，登门报师恩。诗中再现了当时令人动容的情景，抒发了一位老教师那种无比欣慰无比感动的思想感情。这确实是一篇充满深厚师生情的佳篇，读起来催人泪下。

手捧厚厚的书稿，反复品赏老叔的每一首诗，其悠悠乡愁，充满了字里行间，他热爱自己故乡的肥田沃野，他热爱故乡的一草一木，更热爱故乡勤劳善良朴实的人民。他的《乡愁悠悠》《游子与古槐》《回家过年》等，把游子的思乡念祖、想家恋家、朝思暮盼、梦绕魂牵、归心似箭的思想情感表现得淋漓尽致，深深打动着每个游子的心弦。就连那春天故乡香椿树上那水灵鲜嫩、异香扑鼻、令人垂涎的朵朵嫩芽儿（见《香椿芽赋》），连麦收季节"咣咣多福"那熟悉的鸟叫声（见《麦收"战场"上的儿童团》），甚至连秋后纷纷飘落的片片银杏叶（见《落叶赞》），都被他写进了诗行，真如同用灵巧的手指弹奏着一曲曲优美的田园乐曲，在轻轻叩击游子们的感觉之扉，不断地撩拨着游子们无尽的思乡之情，从而进一步唤醒人们对故乡的深深记忆。

　　老叔的诗歌把如诗如画丰富多彩的农村生活当作生动的创作素材，紧随时代跳动的脉搏，热情洋溢地歌颂新生活，描绘了社会主义新农村的新面貌新气象（如《新时代三夏进行曲》等）。他笔下的一帧帧田园风光可谓美不胜收，一曲曲乡村牧歌分外悦耳动听，真是诗情浓而画意丰，读来令人深感魅力无穷，如临其境，久久陶醉于其中。

　　细品老叔的诗作，我真真切切地体会到：他，像一头老黄牛，不待扬鞭自奋蹄，孜孜以求，争分夺秒，把满腔的激情凝聚于笔端，在属于自己的那块田园里，辛勤耕耘，不辍劳作；他，又像一位音乐人，用激情弹奏着新时代主旋律；他，还像一位书画家，挥毫泼墨给人们绘出幅幅反映新时代人民精神风貌的画面。他的那颗滚烫的红心总是随着新时代的脉搏而跳动，他矫健的步伐总是赶着时代的节拍而前进。他与共和国同呼吸，与人民共休戚。他的每篇诗作，无不打上深深的时代烙印，无不彰显着鲜明的时代个性，无不向人们传递着满满的正能量，无不弘扬着浩然之正气。

　　品罢老叔的诗稿，我不禁想起了诗人国梁叔在他的诗集《一条灵魂行走的路——〈松风集〉前言》中写的几句话："诗是文学的最高形式……诗是强烈感情的迸发。"他又说："我认为诗是用来抒情的，激情所致，遇思成咏，着手成韵，不要受那么多形式约束，影响了思想感情的表达。"我想：我老叔的诗，大概就属于这种自由体诗。他诗中的语言多用白话口语来表达诗歌内容，不矫揉造作，不艰深晦涩。形式上不受格律平仄音节、韵脚的限制，不刻意讲究什么节奏和韵律，不讲究固定的格式。他所写的诗，雅俗共赏，通俗易懂。他的每首诗，无论是长还是短，无论叙事还是抒情，都是根据自己当时内在的感情起伏变化来安排诗歌意象和诗歌语言的节奏韵律，形式灵活多变，思想感情表达时无拘无束，给人以纵情驰骋激情奔放之感。

　　《尚书虞书》曰："诗言志。"《毛诗大序》云："诗者，志之所

之也，在心为志，发言为诗。"曹操《龟虽寿》吟："老骥伏枥，志在千里；烈士暮年，壮心不已。"愿老叔志存高远心更壮，老有所乐更多为，笔耕不辍，为桑梓的乡土文学留下更多更好的作品，为子子孙孙留下更宝贵的精神财富、文化遗产！

为此，我不揣浅陋，特拼诗一首以表晚辈对长者的敬意与祝福：

夕阳无限好，①彩霞长空照。

晚晴催翰墨，秋兴引风骚。②

莫道近黄昏，暮年心不老。

唯愿春常在，天意怜幽草。③

张光锋

2022年3月26日写于贵州贵阳

（张光锋，中铁五院北京中港路通工程有限公司高级工程师，一级建造师，一级造价师）

---

①摘自唐代诗人李商隐的《登乐游原》。
②摘自唐代诗人高适的《同崔员外、綦毋拾遗九日宴京兆府李士曹》。
③摘自唐代诗人李商隐的《晚晴》。

后记：

写在本书最后的肺腑之言

　　《悠悠故乡愁》终于付梓了！此时此刻我心潮难平，千言万语不知从何说起。

　　我已是古稀之年。在乡村教育的热土上，默默无闻辛勤耕耘了三十多个春秋，2011年12月正式退休。走下三尺讲台，我终于没了任何压力，得了一份清闲。但每一天都是星期天，无所事事，久而久之心头就有些茫然，顿感生活无聊。

　　这种生活状态被打破，是在2018年4月4日。国梁五弟从济南来滕州看望并宴请我。他工作期间对家乡多有贡献，是墨学研究发起人之一，并和导师知寒教授把墨子"请"回了故乡。我们兄弟曾在一块儿工作，分别四十年的重逢，自然喜不自胜。当回忆起过去的难忘岁月，说起20世纪70年代我们共同创办高潮农中的话题，他激动而深情地对我说："二哥，想当年我们一块儿当民办教师，创造了农村教育的一个奇迹，在恢复高考之始小小农中竟然奇迹般走出十几个大中专学生，一时名扬滕西大地。你为什么不拿起笔来，把那段终生难忘的宝贵经历写出来呢？我相信你一定能行！"

　　在国梁弟的热情鼓励下，我拿起了笔开始写作。几日便写出初稿，又经他精心修改，定名为《难忘乡村那蓬勃的力量》。我把文章寄给《滕州

日报》，2018年5月24日以《难忘曾经辉煌的岁月》为题被发表出来，引起广大读者关注。初战告捷，我深受鼓舞，高兴而又激动。

我又有幸遇到了段修桂老师。他曾是大学中文系的高才生，原滕州市二中高级教师，后到滕州市人民政府办公室工作，现为滕州市善国文化研究会顾问，多年来一直活跃在滕州文坛上。他多次热情鼓励我，并悉心给予我写作上的指导，让我受益匪浅。

更让我感动的是，只要我在写作中遇到了困难，不管是在济南的国梁弟还是在荆河之畔的修桂弟，总是有求必应，不吝赐教。他们在百忙之中抽出宝贵时间，对我的作品精心修改并加工，其中不乏点睛之笔，真是为我付出了很多。滕州市宣传部原副部长、市委办公室副主任魏锋，也在写作上给我以大力支持和热情帮助。徐德平局长、赵曰北会长更是对我格外偏爱与关照，滕州精神家园微信公众号，《善国文化》经常编发我的作品，让我备受鼓舞，自信心大增。每想起这些，我常常感动不已。

三年多来，我有百余篇散文与诗歌见诸《枣庄日报》《滕州日报》及《滕州工作》《善国文化》《杏花文苑》等刊物，同时我也成了《善国文化》、滕州精神家园微信公众号的常客。有的文章如《一碗羊肉汤的记忆》还被媒体推送到"学习强国"这一国内权威性综合性学习平台。当时段修桂老师借机鼓励我："此文讲小故事，赞大时代。笔触细腻，叙事委婉曲折，感情真挚耐读。只有正能量的作品才可以入选！"良师益友的鞭策，让我备受鼓舞。

2019年10月，在枣庄市林业和绿化局与《枣庄日报》联合举办的"古树传奇 美丽枣庄"故事征集大赛中，我的《古树心语》被评为"一等奖"。双手捧着鲜红的荣誉证书，看着那几个烫金大字，我真是喜出望外，激动万分。

说句心里话，写作上能有如此收获，我并不认为是自己的成绩，而应归功于那些帮助我的贵人们。如果没有他们帮助，一切都无从谈起。能够得到贵人们如此厚爱与热心支持，实乃吾生之幸！我千言万语也说不尽对他们的感激之情！

我更加感谢本家兄弟国梁对我鼎力之挺，我每有新作都先传送给他，他字斟句酌反复校正，抛洒多少心血，倾尽了手足深情。

我由衷感谢才高德馨望重的司民、武林柱、秦泰、秦存怀、孙彦全、吴应启老先生，是他们的一次次热情指导和鼓励，使我一步步提高了写作水平。

我还不能忘记邓荣航和张波这两名我曾经的学生，而今他们大器已成，对我仍格外尊重，听说我出书，积极为我撰文倾吐心声，我倍感欣慰。

我还要感谢我的家人，他们对我全力支持。特别是女儿新红，她在滕州市实验小学工作繁忙，还得下乡支教没有一点闲空，却常常在凌晨熬夜为我整理文稿、打字校对以求精益求精。我的胞兄玉顺挥毫泼墨，专门为我题写了书名。胞弟玉洲帮我搜集资料、出谋划策。总之，这本书凝结着大家共同的心血，是集体智慧的结晶。

我坚持写作，不敢说是给社会发挥余热做贡献，更不敢言给后辈留什么精神文化遗产，只是想给自己的后代留点只言片语以作永久纪念。人贵自知之明，我在打油诗《自嘲》中说："大家面前爱显摆，班门弄斧不知惭。莫怪才疏信口诌，不揣浅陋凑拙篇。只为情趣弄点墨，借文养老求延年。欲觅知音老有乐，但让夕阳更灿烂。"

这几年的写作，让我尝到了艰辛，也享到了乐趣。它让我的生活更充实，精神更满足，信心更坚定，身体更健康。"老牛亦解韶光贵，不待扬鞭自奋蹄"，我深知年已古稀，来日有限，为了不辜负良师益友的期望，我愿在余生更不遗余力，生命不息，追梦不止，辛勤耕耘，让夕阳更美好，令晚霞更瑰丽！

这，就是我心中的坦言，不知君是否以之为然？

只因本人知识水平有限，书中缺点错误在所难免，敬请方家批评指

正，如是不胜感谢。

张玉川

2022年6月写于滕州人和蓝湾